지킬 박사와 하이드 씨

세계교양전집 26

지킬 박사와 하이드 씨

로버트 루이스 스티븐슨 지음

조진경 옮김

올리버

로버트 루이스 스티븐슨Robert Louis Stevenson

• 차례 •

지킬 박사와 하이드 씨

1장

문에 얽힌 이야기

변호사인 어터슨 씨는 밝은 미소라고는 한 번도 지어 보지 않은 것처럼 엄한 얼굴의 사람이었다. 대화를 나눌 때면 냉담하고 거북한 태도로 말도 별로 하지 않고 감정을 잘 드러내지 않았다. 키가 크고 마른 몸에 음침하고 음울해 보였지만 호감 가는 면이 있었다. 친한 사람들을 만나 입맛에 맞는 와인을 마실 때면 어딘지 인간적인 눈빛도 보였다. 이런 인간미는 말할 때는 결코 드러나는 법이 없지만, 저녁 식사 후의 얼굴이나 일상생활에서 자주 보이는 행동에서 그런 모습이 엿보였다. 자신에게 엄격해서 빈티지 와인을 좋아하면서도 혼자 있을 때는 진을 마셨고, 연극을 좋아하지만 20년 동안 한 번도 극장에 가지 않았다. 그러나 다른 사람들에게는 관대한 것으로 정평이 났다. 가끔 정신적 압박감을 이기지 못하고 악행을 저지르는 사람들을 보고 놀라워하기도 했는데 그 속마음은 거의 부러움에 가까웠다. 그리고 궁지에 몰린 사람을 보면 책망보다는 도움을 주려 했다. "나는 카인에 가까운 이단적인 성향입니다. 형제가 타락의 길을 가더라도 그게 그의 뜻이라면 그대로 둘 겁니다." 그는 이런 기이한 말을 하곤 했지만 종종 내리막길에 있는 사람들에게 마지막으로 좋은 감화를 주는 사람, 훌륭한 지인이 되어주었다. 이런 사람들이 그의 사무실을 찾아오면 그는 변함없는 태도로 대했다.

아마 그것이 어터슨 씨에게는 어렵지 않은 일이었을 것이다. 그는 아무리 좋아도 내색하지 않는 데다 품성이 좋아서 사람들과 폭넓게 교제하는 것처럼 보였기 때문이다. 우연한 계기로 알게 된 사람들과 친하게 지낸다는 것은 사람이 겸손하다는 표시다. 어터슨 씨는 그런 사람이었다. 그는 집안사람들이나 아주 오래 교제해 온 사람들의 지인들과 친구가 되곤 했다. 그리고 한번 친구가 되면 시간이 지날수록 담쟁이덩굴처럼 우정이 깊어졌다. 따라서 그의 먼 친척이자 런던의 유명 인사인 리처드 엔필드 씨와 유대감이 깊다는 것에도 의심의 여지가 없었다. 비록 두 사람이 서로를 어떻게 생각하는지, 둘 사이에 어떤 공통된 관심사가 있는지 많은 이들이 이해하기 힘들어했지만 말이다. 일요일에 함께 산책하는 두 사람과 마주친 사람들의 말에 따르면 이들은 아무 말도 없이 아주 따분하게 거니는 것 같았고, 다른 친구가 보이면 아주 반가워하는 모양새가 다행이라고 여기는 것이 분명해 보였다고 한다. 그렇다 해도 두 사람은 이 일요일 산책을 아주 중요하게 여겼고, 매주 꼭 해야 하는 행사로 생각했다. 그래서 아무리 재미있는 일이라도 다른 일정은 뒷전으로 미루었을 뿐만 아니라 업무상 호출도 받지 않았다. 방해받지 않고 산책을 즐기기 위해서였다.

한번은 두 사람이 여느 일요일처럼 산책하다가 우연히 런던 번화가의 비좁은 뒷골목에 가게 되었다. 그날은 일요일이라 한산했지만, 평일에는 장사가 아주 잘 되는 곳이었다. 상점 주인들은 다 장사를 잘하는 것처럼 보였고, 돈을 더 많이 벌고자 여윳돈을 들여 상점을 새로 단장한 것 같았다. 그래서 길에 늘어선 상점가들은 마치 미소 짓는 여점원처럼 행인들을 유혹하는 분위기를 풍겼다. 일요일이라 덜 화려하고 통행이 비교적 뜸한데도 그 거리는 근처의 우중충한 동네와는 대조되게 환했다. 마치 어둑한 숲속에서 타오르는 불꽃 같았다. 새로 칠한 덧문, 잘 닦아 반짝반짝 빛나는 황동, 전반적으로 깨끗하고 쾌활한 분위기에 행인들의 눈길이 절로 쏠렸다.

동쪽으로 가다 보니 왼쪽의 한 길모퉁이로부터 두 집 건너에 공용 안뜰로 들어가는 입구가 보이면서 상점가가 끊겼다. 바로 그곳에 박공이 거리 쪽으로 튀어나온 다소 불길해 보이는 커다란 건물이 있었다. 이층 높이의 이 건물에는 창문이 없었다. 아래층에 문 하나만 있고 위층은 창문 없이 벽만 있는데 우중충하게 퇴색된 상태였다. 오랜 세월 동안 지저분하게 방치된 흔적투성이였다. 초인종도, 두드리기 위한 고리쇠도 없는 문에는 페인트가 부풀어 있었고 색이 변해 지저분했다. 건물 구석에 웅크리고 있는 부랑자들은 벽에 대고 성냥을 그었고, 아이들은 계단 위에 좌판을 벌여 놓았다. 한 남학생은 건물 몰딩에 대고 칼이 잘 드는지 시험해 보고 있었다. 거의 한 세대의 세월 동안 이런 불청객들을 쫓아내거나 그들이 파괴해 놓은 곳을 수리하는 사람이 전혀 없었던 것 같았다.

엔필드 씨와 어터슨 씨는 뒷골목 건너편에서 걷고 있었는데, 입구 옆에 갔을 때 엔필드 씨가 지팡이로 문을 가리키며 물었다.

"전에 저 문을 주의 깊게 본 적이 있습니까?" 변호사가 그렇다고 하자 그는 이어서 말했다. "저 문을 보면 제가 겪었던 아주 이상한 이야기가 생각납니다."

"그래? 그게 뭔가?" 묻는 어터슨 씨의 목소리가 약간 바뀌었다. 엔필드 씨가 대답했다. "음, 이런 이야기예요. 아주 멀리 출타했다가 집에 오던 중이었는데요, 겨울이었고 캄캄한 새벽 세 시쯤이었죠. 시내를 통과하는데 말 그대로 가로등 말고는 아무것도 보이지 않았어요. 거리마다 켜진 가로등이 행렬을 이루었지만, 모두 잠든 거리는 텅 빈 교회당 같았어요. 작은 소리 하나 놓치지 않으려고 얼마나 귀를 기울였던지 나중에는 경찰이라도 보이면 좋겠다는 심정이 되었죠. 그때 갑자기 두 사람이 나타났습니다. 동쪽으로 터벅터벅 무겁게 걸어가는 남자와 교차로 쪽으로 전력 질주하던 열 살 남짓한 여자아이였죠. 두 사람은 당연히 길모퉁이에서 부딪혔어요. 그리고 끔찍한 일이 벌어졌답니다. 그 남자가 아이를 태연스레 밟고 그냥 지나가는 거예요. 아이가 바닥에 넘어져서 비명을 지르는데도 말이에요. 별일 아닌 것처럼 들리지만 아주 섬뜩했어요. 사람이 아니라 마치 저주를 받아 멈추지 않는 저거너트 (힌두교 신화에 나오는 무자비하고 파괴적이며 멈출 수 없는 존재 – 역주) 같았어요. 전 '이봐!'하고 외치며 부리나케 뛰어가 그놈의 목덜미를 잡아채서 비명을 지르는 아이에게 데려갔죠. 아이 주변에는 이미 꽤 많은 사람이 모여 있었습니다. 놈은 아주 냉정했고 저항도 전혀 하지 않았어요. 그냥 저를 한 번 쳐다보는데 그 눈길이 너무 험

악해서 등골에서 땀이 주르륵 흘렀답니다. 쫓아 나온 사람들은
아이의 가족들이었어요. 그리고 얼마 안 있어 의사가 왔습니다.
아이는 의사를 부르러 다녀온 참이었거든요. 그 의사 말로는 아이
의 상태가 그렇게 나쁘지는 않지만 겁을 먹었다고 했죠. 형님이 거
기 있었다면 이제 마무리되었다고 생각했을 겁니다. 그런데 한 가
지 호기심을 끄는 점이 있었어요. 전 그놈을 보자마자 혐오감이
들었고, 아이 가족도 당연히 그랬겠죠. 그런데 의사도 놀라운 반
응을 보였어요. 그는 평범한 약종상으로 딱히 나이나 피부색이 특
별나진 않았어요. 다만 에든버러 사투리가 심한 것으로 보아 스
코틀랜드 사람 같았는데, 그래서인지 아주 감정적이었죠. 그래요,
그 의사도 우리와 다르지 않더라고요. 제가 붙들고 있는 놈을 볼
때마다 울화가 치솟아서 죽이고 싶은지 얼굴이 창백해지더라고
요. 그 심정이 어떤지 이해가 갔습니다. 그나 나나 같은 마음이었
겠죠. 하지만 놈을 죽일 수는 없으니 우리는 차선책을 선택했습
니다. 런던에서 그의 이름을 모르는 사람이 없도록 구석구석 소문
내서 창피를 주겠다고 말이죠. 친구도 신용도 다 잃게 될 거라고
장담했어요. 그 와중에 우리는 여자들과 놈을 떼어놓느라 안간힘
을 쏟았습니다. 여자들이 그리스신화의 하피처럼 화가 잔뜩 나 있
었거든요. 그렇게 증오에 찬 얼굴들은 처음 본 것 같았어요. 그 여
자들에 둘러싸여 험악하게 비웃던 그놈은 언뜻 냉담해 보였지만
한편으로는 두려워하는 것 같기도 했어요. 하지만 악마처럼 잘 숨
기고 있었죠. 놈이 말했어요. '이 사고로 한몫 챙길 작정이라면 어
쩔 수 없죠. 신사라면 이런 꼴사나운 상황은 피하고 싶으니까요.
액수를 말해 봐요.' 음, 우리는 아이 가족에게 백 파운드 배상을

요구하라고 했습니다. 놈은 완강하게 저항하고 싶었겠지만 우리도 단단히 벼르고 있던 터라 마침내 타협하더군요. 다음 일은 돈을 받아내는 것이었죠. 놈이 우리를 데리고 어디로 갔을까요? 바로 저 문이 있는 건물이었어요. 놈은 열쇠를 꺼내어 안으로 들어가더니 금화 십 파운드와 쿠츠 은행에서 나머지 금액을 찾을 수 있는 수표를 들고 나왔어요. 그런데 지참자에게 돈을 지급하라는 그 수표의 서명자는 제가 언급할 수 없는 사람이었습니다. 이게 바로 제가 하는 이야기의 핵심 중 하나예요. 아주 유명하고 지면에도 자주 오르내리는 이름이었거든요. 수표에 적힌 금액이 많긴 했지만, 가짜 수표가 아니라면 그 이름만으로 더 많은 돈을 찾을 수 있을 정도로요. 저는 놈에게 의심스러운 점들을 지적했어요. 사건 자체도 의심쩍을뿐더러 새벽 네 시에 지하실에 들어가 백 파운드가 적힌 다른 사람의 수표를 들고 나오는 것이 현실적이지 않다고 말입니다. 하지만 그는 아주 느긋하게 코웃음을 쳤어요. '진정하라고. 은행 문이 열릴 때까지 함께 있다가 직접 현금으로 바꿔줄 테니까.' 그래서 우리, 그러니까 의사와 아이 아버지, 그 작자와 저는 함께 제집으로 가서 그 밤을 지냈죠. 다음 날, 우리는 아침 식사를 하고 함께 은행으로 갔어요. 제가 직접 수표를 제출하면서 위조 수표 같다고 말했죠. 하지만 아니었습니다. 진짜 수표더라고요."

"쯧쯧." 어터슨 씨가 혀를 찼다.

"형님도 저와 같은 생각이군요. 네, 불쾌한 이야기입니다. 그 자식은 정말 구제불능이었죠. 정말 악독한 놈이었어요. 수표 발행인은 아주 교양 있는 사람입니다. 유명 인사이기도 하고요. 다들 선한 사람이라고 하는 형님 친구 중 하나예요. 아마 협박을 받았겠죠. 정직한 사람이 젊을 때 저지른 경거망동 때문에 비싼 대가를 치른 거 아니겠어요. 그래서 저는 저 문이 있는 저곳을 협박의 집이라고 부릅니다. 그렇더라도 모든 게 설명되지는 않지만요."

여기까지 말한 엔필드 씨는 생각에 잠겼다. 그러던 중 어터슨 씨가 갑자기 물었다.

"수표 발행인이 저기에 사는 건 아닌가?"

"그럴 것 같죠?" 엔필드 씨가 대답했다. "그런데 우연히 그의 주소를 보게 되었는데, 어딘가의 광장이었어요."

"그러니까 저 문이 있는 건물에 대해서 물어본 적은 없군?" 어터슨 씨가 말했다.

"네, 신중하게 행동했어요. 전 질문을 하는 것이 심판의 날 심문과 비슷하다고 생각하거든요. 하나를 물어보기 시작하면 돌굴리기처럼 꼬리에 꼬리를 물게 되죠. 산꼭대기에 앉아 돌 하나만 굴렸는데, 그 돌이 굴러가서 다른 돌을 굴리고 계속 그렇게 됩니다. 그리고 얼마 안 있어 평범한 사람이 자기 집 뒷마당에서 굴러온 돌에 맞아 죽으면 그 가족들은 명의를 바꿔야 하죠. 그래서 묻지 않았어요. 돈 문제가 걸려 있는 것 같으면 되도록 묻지 말자는 것이 제 원칙입니다."

"아주 좋은 원칙이군." 어터슨 씨가 말했다.

엔필드 씨가 계속 말했다. "대신에 저 혼자 그곳에 가서 지켜봤어요. 사람이 사는 집 같지는 않더라고요. 그 문 말고는 다른 문도 없고, 출입하는 사람도 전혀 없거든요. 다만 아주 가끔 제가 잡은 그놈이 드나듭니다. 이층에 안뜰을 향해 창문 세 개가 나 있고, 아래층에는 하나도 없어요. 그 창문은 항상 닫혀 있는데도 깨끗합니다. 하나 있는 굴뚝에서 연기가 나오는 걸로 봐서는 누군가가 살고 있는 것이 분명한데, 그래도 아주 확신할 수는 없어요. 안뜰 주변에 건물들이 워낙 많아서 그 경계를 알아보기가 힘들거든요."

두 사람은 산책을 이어갔고 한동안 침묵이 흘렀다. 이윽고 어터슨 씨가 말했다.

"엔필드, 자네는 좋은 원칙을 갖고 있군."

"네, 저도 그렇게 생각합니다." 엔필드 씨가 대답했다.

"그래도 말이야, 묻고 싶은 게 하나 있네. 아이를 밟고 간 그 남자의 이름을 알고 싶군."

"음, 알려드려도 무방할 것 같군요. 하이드라는 이름이었어요."

"흠, 모습이 어떻던가?" 어터슨 씨가 물었다.

"설명하기 쉽지 않아요. 생김새가 뭔가 이상했어요. 뭔가 불쾌하고, 아주 혐오스러웠어요. 지금까지 그렇게 싫은 사람은 본 적이 없는데, 그 이유를 잘 모르겠어요. 어딘가 기형인 곳이 분명 있을 겁니다. 구체적으로 짚을 수는 없지만, 기형이라는 느낌이 강하게 들었거든요. 생김새가 남다르긴 한데, 뭐가 이상한지는 정말 말하기 힘드네요. 모르겠어요, 형님. 설명하지 못하겠네요. 제 기억력이 나쁜 건 아니에요. 지금도 그 모습이 눈에 훤하거든요."

어터슨 씨는 다시 걸었고, 깊은 생각에 빠져 아무 말도 하지 않다가 드디어 질문했다. "그자가 확실히 열쇠로 문을 열었는가?"

"어, 형님…" 엔필드 씨가 놀라서 말하려는데 어터슨 씨가 먼저 말했다.

"그래, 알아. 분명 이상하게 들리겠지. 사실 내가 수표 발행인의 이름을 묻지 않는 건 이미 알고 있기 때문일세. 리처드, 자네 이야기는 잘 들었네. 정확하지 않은 점이 있다면 바로잡는 것이 좋겠지."

"미리 알려 줄 수도 있었잖아요." 엔필드 씨가 약간 부루퉁하게 말했다. "하지만 전 형님 말마따나 정말 정확하게 설명했어요. 그자는 열쇠를 갖고 있었고, 지금도 갖고 있어요. 그걸 사용하는 걸 며칠 전에도 봤다고요."

어터슨 씨는 한숨을 깊이 쉬었지만 아무 말도 하지 않았다. 엔필드 씨가 이내 다시 말했다. "말을 함부로 하면 안 된다는 걸 새삼 다시 배웠네요. 이렇게 장광설을 늘어놓다니, 부끄럽습니다. 이 이야기는 다시는 꺼내지 않기로 하죠."

어터슨 씨가 말했다. "진심으로 동의하네, 리처드."

2장

하이드 씨를 찾아서

그날 저녁 어터슨 씨는 우울한 기분으로 혼자 사는 집으로 왔다. 저녁 식사를 하려고 식탁에 앉았으나 입맛이 없었다. 평범한 일요일이라면, 저녁 식사를 마친 후 난롯불 옆에 앉아 책상 위에 놔둔 무미건조한 신학책을 읽다가 근처 교회에서 열두 시를 알리면 진지하고 감사하는 마음으로 잠자리에 들었을 것이다. 하지만 그날 밤 어터슨 씨는 식탁을 치우자마자 촛불을 들고 서재로 갔다. 그곳에서 금고를 열고, 안쪽 깊숙한 곳에서 봉투에 '지킬 박사의 유언장'이라고 적힌 서류를 꺼냈다. 그리고 어두운 낯빛으로 의자에 앉아 서류를 면밀히 검토했다. 유언장은 자필로 작성되었다. 어터슨 씨는 그 과정에는 전혀 관여하지 않았고, 이미 작성된 유언장을 떠맡았을 뿐이다. 유언장에는 의학박사, 민법학박사, 법학박사, 왕립학술원 회원 등등의 직함을 가진 헨리 지킬의 사망 시 그의 전 재산은 '친구이자 피후원자인 에드워드 하이드'

에게 상속되며, 그뿐만 아니라 지킬 박사가 3개월 이상 '실종 또는 불명의 원인으로 부재'할 시 에드워드 하이드는 즉시 그의 후임자가 되고, 박사의 식솔들에게 소액을 지급하는 것 이상의 어떤 부담이나 의무를 지지 않는다고 기록되어 있었다. 어터슨 씨는 이 유언장이 오랫동안 못마땅했다. 변호사이자 분별력 있고 관습적인 생활을 찬미하고 현실적이지 않은 것을 천박하게 생각하는 사람으로서 이 문서가 불쾌했다. 또 지금까지는 하이드 씨의 정체를 모른다는 사실 때문에 분개했는데 이제는 상황이 급변하여 그에 대해 알게 되자 더욱 화가 났다. 아는 것이 이름밖에 없을 때도 기분이 나빴는데, 그 이름에 혐오스러운 특징이 붙기 시작하니 더욱 불쾌해졌다. 아주 오랫동안 그의 눈을 가려왔던 형체 없이 흐릿한 안개가 걷히면서 갑자기 교활한 악마가 모습을 드러낸 듯했다.

"미친 짓이라고 생각했는데, 이제 보니 체면 때문에 구석에 몰려서 그런 게 아닐까 염려되기 시작하는군." 어터슨 씨는 그 불쾌한 서류를 금고에 다시 넣으면서 말했다.

그는 촛불을 끄고는 두툼한 외투를 걸치고 친구인 래니언 박사를 만나기 위해 집을 나서서 캐번디시 광장으로 향했다. 명의로 알려진 래니언 박사는 거주지를 겸한 진료실에서 많은 환자를 보았다. '이 상황을 아는 사람이 있다면 래니언일 거야'라고 그는 생각했다.

어터슨 씨를 잘 아는 근엄한 집사가 현관에서 기쁘게 맞이하며 곧장 다이닝 룸으로 안내했다. 래니언 박사는 혼자 와인을 마시고 있었다. 그는 원기 왕성하고 건강하며, 몸집이 작고 날렵했다.

얼굴은 붉었고 나이에 비해 하얗게 센 머리카락은 부스스했다. 평소 태도는 활기가 넘치면서도 단호했다. 그는 어터슨 씨를 보자 의자에서 벌떡 일어나 쌍수를 들어 환영했다. 과장되어 보이는 그의 행동은 다소 부자연스러워 보였지만, 거기에는 진심이 담겨 있었다. 두 사람은 어릴 때부터 대학까지 같이 다닌 죽마고우였고 서로를 마음속으로부터 존중했다. 오래된 친구라고 다 그렇지는 않지만 두 사람은 만나면 진심으로 즐거웠다.

잠시 이런저런 이야기를 나눈 후, 변호사는 그의 뇌리에서 떠나지 않는 불쾌한 그 주제를 꺼냈다.

"래니언, 자네와 나는 헨리 지킬과 아주 오래된 친구지 않나?"

"나는 젊은 친구들이 좋은데 말이야." 래니언 박사가 낄낄대며 말했다. "어쨌든 그런 것 같아. 그런데 그게 왜? 요즘에는 거의 보지 못한 것 같군."

"그래?" 어터슨 씨가 말했다. "자네들 사이에는 공감대가 있다고 생각했는데."

"그랬지. 그런데 헨리 지킬이 너무 별나게 변한 지 십 년도 넘었다네. 내가 감당하기 힘들 정도야. 정신이 이상해지더니 어긋나기 시작했네. 그래도 옛정을 생각해서 계속 관심을 기울이고 있는데, 사람들 말처럼 그에게서 악마 같은 모습을 보지는 못했네." 그러더니 그가 갑자기 흥분하며 덧붙였다. "그렇게 비과학적이고 얼토당토않은 소리를 해대면 둘도 없는 친구 사이도 멀어질 걸세."

심하지 않게 화를 내는 래니언 박사를 보며 어터슨 씨는 어느 정도 안심했다. '두 사람은 과학적으로 몇몇 문제에 대해서만 의견이 달랐던 거군.' (부동산 양도 문제는 제외하고) 과학적 열정이 없었던 그는 이런 생각도 했다. '별것 아닐 거야!' 친구가 다시 진정되길 기다린 뒤, 처음에 하려던 이야기를 다시 꺼냈다. "그 친구가 후원하는 하이드라는 남자를 본 적 있나?"

"하이드?" 래니언이 되물었다. "아니, 난생처음 들어보는 이름인데."

어터슨 씨는 그 정도 정보만 들은 채 집으로 돌아왔다. 불을 끄고 커다란 침대에 누웠지만 밤새 이리저리 뒤척이다가 아침을 맞았다. 앞이 잘 보이지 않는 불분명한 상황에서 여러 의문점에 시달리느라 편하지 않은 밤이었다.

가까운 교회에서 여섯 시를 알리는 종이 울렸는데도 어터슨 씨는 여전히 그 문제에서 헤어 나오질 못했다. 지금까지는 지성만 작동했지만 이제는 상상력까지 동원되었고, 오히려 거기에 더 휘말리고 있었다. 어두운 밤, 커튼까지 친 방에 누워 뒤척이는 동안 엔필드 씨에게서 들은 이야기가 주마등처럼 지나갔다. 도시의 밤을 밝히는 가로등들, 빠르게 걷는 남자와 의사의 집에서 달려오는 아이, 서로 부딪힌 뒤 아이를 짓밟고 아이가 비명을 지르든 말든 상관하지 않고 인간 저거너트가 지나간다. 장면이 바뀌어 어떤 부유한 집의 침실이 보인다. 그 안에서 그의 친구가 잠을 자며 꿈이라도 꾸는 듯 웃고 있다. 그때 침실의 문이 열리고, 누군가 들어와 커튼을 젖히며 잠든 친구를 깨운다. 보라! 그는 모든 힘을 부여받은 사람이기 때문에 모두 잠든 고요한 한밤중에도 친구는 일어나 그의 명령에 따라야 한다. 이 두 장면에 모두 등장하는 그 인물이 어터슨 씨의 뇌리에서 밤새 떠나지 않았다. 설핏 잠이 들었을 때도, 모두가 잠든 집으로 더 은밀하게 미끄러지듯이 들어가는 그 인물이 보였다. 점점 그는 범위를 넓혀 현기증이 날 정도로 빠르게 움직여 가로등이 켜진 미로 같은 런던의 거리를 돌아다니다가 길모퉁이를 돌 때마다 아이를 짓밟고서 비명을 지르는 아이를 버려두고 떠나갔다. 하지만 얼굴이 없어서 어터슨 씨는 그자의 정체를 알 수 없었다. 꿈에서조차 얼굴이 없거나, 있어도 그의 눈앞에서 녹아내려 알아볼 수 없었다. 그래서 진짜 하이드 씨의 얼굴을 보고 싶은 호기심이 생기더니 점점 커져서 거의 참을 수 없을 지경이 되었다. 아무리 불가사의한 일이라도 충분히 들여다보고 조사해 보면 해결되듯이, 한 번이라도 하이드 씨를 볼 수 있다면 그 미스터리가 밝혀질 것 같았다. 기이한 선택이었던 협박에 의한 굴종(뭐라 불러도 좋다)이었든 그 친구가 그렇게 행동한 이유와 유언장에 충격적인 조항이 들어가게 된 이유까지 알 수 있지 않을까. 인정머리 없는 얼굴, 보기만 했는데도 냉담한 엔필드의 마음에 사그라지지 않는 증오를 불러일으킨 얼굴, 적어도 한 번은 그 얼굴을 볼 가치가 있을 것이다.

그때부터 어터슨 씨는 상점가 뒷골목의 그 문을 종종 찾아갔다. 아침 출근 전에, 바빠서 시간이 없을 때는 점심시간에, 안개가 자욱한 달밤에도, 어터슨 씨는 시간이 날 때마다 가서 정해진 장소에서 사람이 있든 없든 그 문을 주시했다.

'그자가 숨어 있는 하이드라면, 나는 술래인 시크다'(영어로 술래잡기는 'hide-and-seek'이다 - 역주)라고 그는 생각했다.

그리고 마침내 끈기 있게 버틴 보람이 있었다. 비가 오지 않는 맑은 밤, 서리가 내릴 정도로 추웠고 거리는 무도장만큼이나 깨끗했다. 바람에 흔들리지 않는 가로등이 규칙적인 빛과 그림자를 드리우고 있었다. 열 시경, 상점들이 문을 닫았고 뒷골목은 적막했다. 사방에서 낮은 울림소리가 들려왔지만, 그래도 아주 조용해서 작은 소리도 멀리까지 퍼져나갔고 집안에서 나는 소리들이 길가에서도 또렷하게 들렸다. 지나가는 사람이 있으면 발소리가 먼저 들리고 모습은 한참 후에나 보였다. 잠시 자기 자리를 지키고 있을 때 어터슨 씨는 기묘하고 가벼운 발소리가 다가오는 것을 알아챘다. 밤마다 주위를 살펴보는 동안, 런던 여기저기서 들리는 웅성웅성, 덜커덕덜커덕 소리들 속에서 갑자기 멀리서 사람의 발걸음 소리가 들려오면 기묘한 느낌이 드는데 이제는 거기에도 익숙해졌다. 그러나 이번처럼 단호하고 예민하게 주의를 기울인 적은 없었다. 근거는 없지만 드디어 성공이라는 예감이 강하게 들어 그는 안마당 입구 쪽으로 물러났다.

발소리가 빠르게 가까워지더니 모퉁이를 돌면서 갑자기 커졌다. 입구에서 바라보던 어터슨 씨는 자신이 상대해야 하는 남자가 어떤 사람인지 이내 알 수 있었다. 그 남자는 몸집이 작고 아주 수수한 옷차림이었다. 꽤 떨어진 거리에서 보아도 별로 호감이 가지 않았다. 그 남자는 시간을 아끼기 위해 길을 건너자마자 곧장 문으로 향했다. 그러면서 자기 집에 들어가는 양 주머니에서 열쇠를 꺼냈다.

그 남자가 지나갈 때 어터슨 씨가 앞으로 나서며 그의 어깨를 건드렸다. "하이드 씨죠?"

하이드 씨는 움찔하더니 헉하고 숨을 들이마셨다. 하지만 순간적으로 겁을 먹었을 뿐이었다. 그는 어터슨 씨의 얼굴을 외면한 채 냉랭하게 대답했다. "맞소. 원하는 게 뭐요?"

"집에 들어가시나 봅니다." 어터슨 씨가 대답했다. "나는 지킬 박사의 오래된 친구인 어터슨이오. 곤트가에서 살고 있죠. 내 이름을 들어보셨죠? 마침 잘 만났습니다. 집에 좀 들어갈 수 있을까요?"

"지킬 박사님을 찾아오신 거라면, 외출 중이십니다." 하이드 씨가 열쇠에 묻은 먼지라도 털려는 양, 훅 입김을 불며 대답했다. 그러더니 불쑥 물었다. 여전히 고개는 들지 않은 채였다. "나를 어떻게 알아보셨소?"

"먼저 부탁 좀 해도 되겠습니까?" 어터슨 씨가 말했다.

"그러세요. 뭐죠?" 상대가 대답했다.

"얼굴 좀 보여줄 수 있습니까?" 변호사가 물었다.

하이드 씨는 머뭇거리다가 불현듯 도전적으로 상대방을 직시했다. 두 사람은 잠시 서로를 뚫어지게 쳐다보았다. 어터슨 씨가 말했다. "다음에는 꼭 알아보겠습니다. 오늘 만남이 도움이 되겠어요."

"네. 만나서 다행이군요. 그건 그렇고, 제 주소도 드릴까요?" 이렇게 말한 하이드 씨는 소호 지구의 한 주소를 알려 주었다.

'세상에! 이 사람도 유언장을 생각하고 있었을까?' 어터슨 씨는 생각했다. 하지만 속내를 감추고 주소를 알려 주어 고맙다고 웅얼거렸다.

"그런데 나를 어떻게 알아보셨소?" 하이드 씨가 물었다.

"인상착의를 들었어요." 변호사가 대답했다.

"누구한테서요?"

"서로 겹치는 친구들이 있더군요." 어터슨 씨가 말했다.

"겹치는 친구라…. 누군가요?" 하이드 씨가 약간 쉰 목소리로 말을 따라 하며 물었다.

"예를 들면 지킬 박사죠." 변호사가 말했다.

"절대 그럴 리 없소." 하이드 씨가 대뜸 화를 내며 소리쳤다. "당신이 거짓말을 하리라고는 생각 못 했소."

"저런, 적절한 말이 아니네요."

상대는 사납게 소리치고 잔인하게 웃었다. 그리고 다음 순간, 빠르게 문을 열고 집안으로 사라졌다.

어터슨 씨는 하이드 씨가 들어간 후에도 잠시 서 있었다. 불안해 보였다. 그리고 천천히 오르막 거리를 올라가기 시작했다. 한두 걸음마다 멈춰 서서 손을 이마에 대는 것이 당혹스러운 모양새였다. 그가 걸으면서 이렇게까지 곰곰이 고심하는 문제는 좀처럼 해결되지 않을 종류였다. 하이드 씨는 얼굴이 창백하고 몸집이 왜소했는데, 딱히 이렇다 할 기형이 없는데도 불구라는 인상을 풍겼다. 미소를 지어도 불쾌했고 변호사를 대하는 태도가 나쁜 방향으로 소심하면서도 대담했다. 그리고 속삭이는 듯한 목소리는 허스키하고 갈라져 있었다. 이 모든 특징은 하이드 씨에게 불리하게 작용했지만, 아무리 그렇다 해도 지금까지 남아 있는 그에 대한 역겨움과 혐오, 두려움은 말로 설명할 수 없었다. "분명 다른 뭔가가 있을 거야." 당황한 어터슨 씨가 중얼거렸다. "뭔가 더 있기는 한데, 설명할 수가 없네. 맙소사, 사람 같지 않은 자일세. 석기시대 원시인이라고 할까? 아니면 동요에 나오는 펠 박사(풍자시이자 전래동요인 〈나는 당신을 좋아하지 않아요, 펠 박사님〉의 등장인물. 이유는 말할 수 없지만 펠 박사님이 싫다는 내용 – 역주)처럼 이유 없이 싫은 걸까? 아니면 진흙 인형을 뚫고 나와 외형을 바꾼 사악한 영혼의 모습일까? 마지막이 맞는 것 같아. 오, 불쌍한 내 친구 해리(헨리의 애칭으로 원문 'old Harry'는 '악마'의 뜻도 있음 - 역주) 지킬, 악마가 서명한 얼굴이 있다면 바로 자네가 새로 사귄 친구의 얼굴일 걸세."

뒷골목의 모퉁이를 돌면 오래되었어도 멋진 집들이 있는 구역이 나온다. 과거에는 고급 주택들이었지만 지금은 대부분 낡아서 지도 제작 조판공, 건축가, 수상쩍은 변호사, 정체를 알 수 없는 회사의 중개상 등 각계각층의 아무나 셋방을 빌려 산다. 하지만 모퉁이에서 두 번째 집은 여전히 주택 전체가 단독으로 사용되고 있다. 채광창에만 불빛이 보이고 온통 어둡기만 하지만, 부유하고 안락한 분위기가 물씬 풍기는 그 집의 문 앞에서 어터슨 씨가 문을 두드렸다. 단정한 복장의 나이 지긋한 집사가 문을 열어주었다.

"풀, 지킬 박사 있는가?" 변호사가 물었다.

"확인해 보겠습니다, 어터슨 씨." 풀은 대답하며 방문객을 현관 안으로 안내했다. 낮은 천장에 판석이 깔린 넓고 아늑한 곳이었다. 시골 저택처럼 난로의 가리개를 치우고 불을 피워 따뜻했고 값비싼 참나무 진열장들이 있었다. "여기 난로 옆에서 기다려 주시겠습니까? 아니면 다이닝 룸에 불을 켜 드릴까요?"

"여기에서 기다리겠네. 고맙네"라고 말한 변호사는 높직한 난로 받침대로 다가가 거기에 기댔다. 변호사 혼자 남은 이곳은 친구인 지킬 박사가 좋아하는 근사한 공간이다. 어터슨 씨도 여기가 런던에서 가장 기분 좋은 곳이라고 곧잘 말하곤 했다. 그러나 오늘 밤 그는 이곳에서 몸서리를 치고 있었다. 하이드의 얼굴이 기억 깊숙이 새겨져 괴로운 데다 인생까지 메스껍고 혐오스럽게 느껴졌다. 그에게는 흔하지 않은 일이었다. 우울해져서 그런 건지 반질반질 윤나는 진열장에 어른거리는 불빛과 천장에서 불안하게 너울거리는 그림자가 위협적으로 느껴졌다. 이내 풀이 돌아와 지킬 박사가 외출했다고 알렸을 때는 부끄럽지만 안도감이 들었다.

"풀, 하이드 씨가 예전 해부실에 들어가는 모습을 봤네. 지킬 박사가 집에 없는데 그래도 괜찮은 건가?" 그가 말했다.

"네, 괜찮습니다. 어터슨 변호사님." 집사가 이어서 말했다. "하이드 씨는 열쇠를 갖고 있으니까요."

"자네 주인이 그 젊은이를 굉장히 신뢰하나 보군, 풀." 변호사가 깊은 생각에 잠겼다가 다시 말했다.

"예, 그렇습니다. 저희 모두 그분 말에 따르라는 지시를 받았습니다." 풀이 말했다.

"나는 하이드 씨를 만난 적이 없는 것 같은데?" 어터슨이 물었다.

"아, 맞습니다. 변호사님. 그분이 여기에서 식사하는 일은 없습니다." 집사가 대답했다. "사실 이쪽에서는 그분을 거의 볼 수 없습니다. 대개 실험실로 다니시죠."

"그렇군. 잘 있게, 풀."

"안녕히 가십시오. 어터슨 씨."

변호사는 아주 무거운 마음으로 집으로 향했다. '불쌍한 해리 지킬, 곤경에 처한 건 아닌지 염려되네! 젊었을 때 그렇게나 방탕하게 살더니. 오래전 일이지만, 하나님의 율법에는 시효가 없으니까. 아, 분명 그런 게야. 오래된 죄의 그림자, 드러내지 못할 수치스러운 사건이 있겠지. 세월이 흘러 죄를 망각하고 이기심으로 잘못을 용서했군. 이제 죄에 대한 벌이 시작된 거야.' 그런 생각을 하다가 변호사는 화들짝 놀라 자신의 과거를 되돌아보았다. 깜짝 장난감 상자에서 툭 튀어나오는 광대 인형처럼 자신에게도 어딘가에서 밝혀질 오래전 악행이 있나 기억을 구석구석 더듬었다. 다행히 그의 과거는 비교적 깨끗했다. 지금까지 살아온 삶을 되돌아볼 때 별로 걱정하지 않아도 되는 사람은 거의 없을 것이다. 그도 많은 과오를 저질렀고 창피한 부분도 있었지만, 저지를 뻔했던 더 많은 잘못들을 다행히 피할 수 있었음에나마 두려운 마음으로 다시 감사 기도를 드렸다. 그리고 잠시 전까지 생각하던 주제를 다시 생각하니 희망의 불꽃이 보였다. '하이드를 잘 지켜보면 분명 비밀이 있을 거야. 그 모습을 보면 알 수 있지. 사악한 비밀이 있고말고. 그에 비하면 불쌍한 지킬의 치부는 아무리 최악이라도 햇살처럼 빛날 거야. 이 상황이 계속되면 안 되지. 이놈이 도둑처럼 해리의 침대맡까지 가로챘다고 생각하니 오싹해지는군. 불쌍한 해리, 이게 웬 날벼락이야. 정말 위험해. 하이드 이 작자가 유언장의 존재를 알아채면 상속받기 위해 섣부르게 행동할 수도 있으니까 말이야. 아, 내가 힘써 봐야겠다. 지킬이 허락한다면.' 그는 생각을 곱씹었다. '지킬이 허락만 해 준다면.' 다시 한번 그는 마음속으로 유언장의 이상한 조항들을 떠올렸다.

3장

마음 편한 지킬 박사

2주 후, 아주 운 좋게 지킬 박사의 집에서 오래된 친구 대여섯 명이 저녁 식사를 할 기회가 생겼다. 모두 명망 있는 지성인들이었고 와인에 대한 심미안이 있어 좋은 와인도 곁들인 즐거운 만찬이었다. 어터슨 씨는 다른 친구들이 모두 떠난 후에도 일부러 남아 있었다. 이런 일은 처음이 아니고 예전에도 자주 있었다. 환영받는 곳이면 어터슨 씨도 좋아했다. 집주인들은 아무 생각 없이 입만 가벼운 사람들이 다 나가기도 전에 이 따분한 변호사를 붙들어 두고 싶어 했다. 사람들과 흥겹게 즐긴 후에 튀지 않는 그와 조용히 앉아 차분한 시간을 보내기 위해서였다. 지킬 박사도 예외가 아니었다. 그래서 지금 그는 난로를 사이에 두고 어터슨과 마주 앉았다. 쉰 살인 그는 크고 균형 잡힌 체격에 얼굴에는 윤기가 흘렀다. 약간 교활해 보이는 생김새였지만, 모든 언행에서 능력 있고 친절한 품성이 보였다. 그리고 그 표정으로 미루어 보아 어터슨과

쌓이온 진실하고 따뜻한 우정을 소중하게 여기다는 것도 알 수 있었다.

"자네하고 이야기를 하고 싶었네, 지킬." 어터슨이 대화를 시작했다. "자네 유언장 말인데." 가까이에서 지켜본 사람이라면 지킬 박사가 이 주제를 내켜 하지 않는다는 것을 알 수 있었다. 하지만 그는 가볍게 웃어넘기려고 했다. "저런, 어터슨. 나 같은 고객을 만나다니 운도 없지. 자네처럼 내 유언장 때문에 그렇게 괴로워하는 사람은 본 적이 없네. 참, 래니언은 빼고. 현학자인 척하는 편협한 그 친구도 내 가설을 과학적이지 못한 이단이라고 하더군. 오, 물론 그는 좋은 친구지. 나도 아니까 찌푸리지 말게. 훌륭한 친구야. 난 항상 그 친구를 더 많이 보고 싶다네. 하지만 그가 편협한 현학자인 건 변함없어. 무지하면서 뻔뻔한 현학자지. 래니언한테 이만저만 실망한 게 아냐."

"난 절대 승인할 수 없다는 거 알지?" 어터슨은 화제가 바뀌는 것을 단호하게 거부하면서 하던 이야기를 계속했다.

"내 유언장 말이지? 물론 나도 아네." 박사는 약간 날카로운 어조로 말했다. "그렇게 말했잖아."

"음, 다시 말하겠네." 변호사가 이어서 말했다. "하이드라는 젊은이에 관한 이야기를 좀 들었네."

지킬 박사의 크고 잘생긴 얼굴이 입술까지 창백해졌고, 눈 주위에 그늘이 졌다. "더 듣고 싶지 않네. 이 문제에 대해서는 논의를 그만두기로 한 것 같은데." 박사가 말했다.

"내가 들은 내용이 너무 끔찍해서 말이야." 어터슨이 말했다.

"그래도 바뀌는 건 없어. 자넨 내 입장을 이해하지 못해." 박사의 태도는 왠지 앞뒤가 맞지 않았다. "난 지금 고통스러운 상황에 처해 있네, 어터슨. 아주 이상한, 정말 이상한 처지야. 대화로 해결될 수 없는 문제라네."

"지킬, 나를 잘 알지 않는가. 믿어도 되네. 날 믿고 다 털어놓게. 내가 자넬 꼭 구해 주겠네." 어터슨이 말했다.

박사가 말했다. "친절한 어터슨, 정말 이루 말할 수 없을 정도로 고맙네. 자네를 믿고말고. 선택할 수 있다면 세상 누구보다도, 아니 나 자신보다도 자넬 믿을 걸세. 하지만 이건 자네가 상상하는 그런 일이 아냐. 그렇게 나쁜 일도 아니고. 자네를 안심시키기 위해 한 가지 말해 주지. 난 언제고 내가 원할 때 하이드와 갈라질 수 있네. 맹세하지. 거듭 고마워. 자네가 좋게 이해해 주리라 믿고 한마디만 더 하겠네. 어터슨, 이건 개인적인 문제이니 제발 그냥 덮어 주게."

어터슨은 난롯불을 응시하며 잠시 생각했다.

"자네가 틀렸다고는 생각하지 않네." 마침내 박사가 일어나면서 말했다.

"음, 하지만 이미 이 문제를 언급한 김에 마지막으로 자네가 이해해 주었으면 하는 게 한 가지 있네. 난 그 딱한 하이드에게 정말로 관심이 많아. 자네가 하이드를 본 적이 있다는 걸 아네. 하이드도 그렇게 말했고. 그가 무례하지는 않았는지 염려되네. 하지만 난 그 젊은이에게 아주 큰 관심이 있어. 어터슨, 내가 죽으면 말이야. 그 친구를 잘 봐주고 그의 권리를 찾아주겠다고 약속해 주면 좋겠네. 자네가 모든 사정을 알게 되면 그래 주리라 생각하네. 자네가 약속해 준다면 내 마음의 부담을 덜 수 있을 거야."

"그 친구를 좋아하게 될 거라는 거짓말은 할 수 없네." 변호사
가 말했다.

"그런 부탁이 아니야. 그저 법대로 공정하게 해달라는 것뿐이
야. 그냥 내가 더 이상 여기 없을 때 나를 위해 그 친구를 도와주
라고 부탁하는 것일세."

어터슨은 억누르지 못하고 한숨을 쉬었다. "이거 원, 약속하지."

4장

커루 경 살인 사건

그리고 거의 일 년이 지난 18○○년 10월, 런던 전체를 경악하게 만든 아주 잔인한 범죄가 발생했는데, 피해자의 지위가 높아 그 사건은 더욱 주목받았다. 자세한 경위는 별로 밝혀지지 않았지만 그래도 충격적이었다. 템즈강에서 멀지 않은 집에서 혼자 있던 하녀가 열한 시경에 잠자리에 들기 위해 이층으로 올라갔다. 한밤중의 런던은 안개 끼는 날이 많은데 그날 밤에는 구름 한 점 없었다. 그래서 보름달이 환히 비추어 하녀의 이층 방 창에서는 골목길이 내려다보였다. 하녀는 그 광경을 낭만적으로 느꼈는지, 창바로 아래에 놓인 상자에 앉아 몽상에 빠졌다. (나중에 진술 중에 울면서) 그녀는 그때만큼 사람들과 사이좋게 지내고 싶고, 세상에 대한 이해심을 넓힌 적이 없었다고 했다. 그렇게 앉아 있는데 골목을 걸어오고 있는 백발의 잘생긴 노신사가 보였다. 그리고 맞은편에서 그를 향해 오는 아주 작은 체구의 신사가 보였는데, 처음에는 그 작은 남자에게 별로 관심을 두지 않았다. 그들이 대화할 수 있을 만큼 가까워졌을 때(하녀가 바로 내려다볼 수 있는 곳이었다), 노신사가 모자를 벗으며 상대에게 인사를 하고 아주 정중하게 말을 걸었다. 무슨 말을 했는지는 크게 중요한 것 같지 않았다. 사실 그가 어딘가를 가리킨 것을 보면 그저 길을 물어본 것 같기도 했다. 그가 말하는 순간 달빛이 그 얼굴을 환히 비추었다. 순박하고 예스러운 다정함과 함께 확고한 자기만족에서 나오는 고상함 같은 것이 풍기는 얼굴이었다. 이어서 상대방에게로 눈길을 돌린 하녀는 깜짝 놀랐다. 이전에 그녀의 주인을 방문한 적이 있는, 하이드라는 혐오스러웠던 사람이었기 때문이었다. 그는 묵직해 보이는 지팡이를 만지작거렸다. 노신사의 말에는 아무 대답도 하지 않고 이야기를 듣고만 있었는데도 웬지 조급해 보였다. 그러다가 갑자기 크게 화를 냈다. 발을 쿵쿵대고 지팡이를 휘두르면서 (하녀의 표현에 의하면) 미친 사람처럼 굴었다. 너무 놀란 노신사는 약간 불쾌한 표정을 지으며 한 걸음 뒤로 물러섰다. 그때 이성을 상실한 하이드 씨는 지팡이로 노신사를 마구 때려서 땅바닥에 쓰러뜨렸다. 다음 순간 유인원처럼 광포해져서 피해자를 짓밟고 지팡이로 마구 두들겨 팼다. 발길질과 구타를 당하는 노신사에게서 뼈 부러지는 소리가 들리더니 그 몸은 경련을 일으켰다. 그 광경과 소리로 공포에 질린 하녀는 기절하고 말았다.

새벽 두 시쯤, 정신을 차린 하녀는 경찰을 불렀다. 살인자는 모습을 감춘 지 오래였고, 피해자는 믿기 힘들 정도로 처참한 상태로 골목 한가운데에 쓰러져 죽어 있었다. 범행에 사용된 지팡이는 아주 단단하고 무거우며 희귀한 나무 재질이었는데, 잔인무도

하게 후려치느라 두 동강이 났다. 부러진 절반은 근처 시궁창까지 굴러가 있었고, 나머지 절반은 살인자가 가져가 버린 것이 분명했다. 죽은 피해자의 몸에서 지갑과 금시계가 발견되었지만 명함이나 서류 같은 것은 없었다. 다만 봉인되고 우표가 붙여진 봉투 하나가 발견되었는데 그는 그걸 가지고 우체국에 가던 중이었던 것 같았다. 그런데 그 봉투에는 어터슨 씨의 이름과 주소가 적혀 있었다.

다음 날 아침, 아직 침대에 있던 어터슨 씨에게 경찰관이 이 봉투를 갖고 왔다. 봉투를 받은 그는 상황 설명을 듣자마자 침통하게 입을 내밀며 말했다. "시신을 보기 전까지는 아무 말도 하지 않겠소. 이 사건은 아주 심각한 것일 수 있습니다. 옷을 갈아입을 때까지 기다려 주시오." 그리고 늘 그랬듯이 근심스러운 표정으로 서둘러 아침 식사를 마친 뒤 시신을 옮겨 놓은 경찰서로 갔다. 시신을 안치해 놓은 방에 들어가자마자 고개를 끄덕이며 말했다.

"아는 사람이 맞소. 유감이지만 댄버스 커루 경입니다."

"세상에, 이게 있을 수 있는 일입니까?" 경찰관이 외쳤다. 다음 순간 그의 눈이 야심 차게 반짝였다. "커루 경이라는 것이 밝혀지면 상당히 시끄럽겠는데요." 그가 말했다. "범인을 밝히는 데 선생님이 도움을 주시죠." 그리고 그는 하녀가 목격한 내용을 간단히 설명하고 부러진 지팡이를 보여주었다.

하이드라는 이름이 나오자 어터슨 씨는 놀라서 움찔했다. 하지만 그 지팡이를 보자 더 이상 의심의 여지가 없었다. 부러지고 오래 사용해서 마모된 그 지팡이는 자신이 몇 년 전에 헨리 지킬에게 선물로 주었던 것이었다.

"하녀기 봤다는 하이드 씨는 키가 작다던가요?" 그가 물었다.

"눈에 띄게 작고 아주 사악해 보이는 사람이라고 말하더군요." 경찰관이 말했다.

어터슨 씨는 곰곰이 생각한 뒤 고개를 들고 말했다. "나와 같이 마차를 타고 그의 집에 가봅시다."

이때가 아침 아홉 시경이었는데, 가을이 되고 처음으로 안개가 낀 날이었다. 거대한 초콜릿색 장막 같은 검은 스모그가 하늘을 뒤덮고 있었지만 바람이 끊임없이 불어와 안개를 몰아내기도 했다. 그래서 마차가 느릿느릿 기어가는 동안 어터슨 씨는 시시각각으로 밝아오는 여명을 볼 수 있었다. 여기는 늦저녁처럼 어두운데, 이상하게 저기는 붉은 갈색으로 환한 것이 큰불이 난 것만 같았다. 그리고 잠시 바람이 불어와 소용돌이치며 걷히는 안개 사이로 한줄기의 햇살이 희미하게 비치기도 했다. 이렇게 변화무쌍한 하늘 아래로 음울한 소호 지역이 보였다. 진창길, 추레한 옷차림의 행인들, 늘 켜져 있는 건지, 음산하게 재차 습격해 오는 스모그를 물리치기 위해 켜놓은 건지 알 수 없는 가로등 때문에 악몽 속 어느 도시의 모습처럼 보였다. 게다가 그의 마음속에 들어찬 생각을 색으로 표현하면 세상에서 가장 우울한 색이었다. 그리고 함께 마차를 타고 가는 동행인을 힐끗 보면서 법과 그 집행관에 대하여 약간 두려운 마음이 들었다. 아무리 정직한 사람이라도 때때로 그런 두려움이 들 것이다.

마부에게 알려준 주소에 도착했을 때는 안개가 약간 걷히면서 주변 모습이 보였다. 지저분한 거리와 야한 싸구려 술집, 저렴한 프랑스 음식점, 1페니의 소설 잡지와 2페니의 샐러드를 판매하는 가게, 해지고 낡은 옷을 입고 문간에 몰려 있는 아이들, 열쇠를 들고서 아침술을 마시러 나가는 다양한 국적의 여자들이 보였다. 다음 순간 다시 암갈색의 안개가 내려앉아 더러운 주변을 감추었다. 여기는 헨리 지킬의 총아이자 그의 재산 25만 파운드를 상속받기로 되어 있는 남자의 집이었다.

상아색 얼굴에 은발을 한 늙은 하녀가 문을 열어주었다. 사악해 보이는 얼굴이었지만 위선으로 잘 감추고 있었고 방문객을 맞이하는 태도는 훌륭했다. 그녀가 말했다. "하이드 씨의 집이 맞습니다. 하지만 집에 안 계세요. 어젯밤 늦게까지 계시다가 다시 출타하신 지 한 시간도 안 됩니다. 별로 이상한 일은 아니에요. 생활이 아주 불규칙하고 종종 집을 비우시니까요. 어제만 해도 거의두 달 만에 뵌 거였어요."

"그렇군요. 그러면 그의 방을 좀 보고 싶은데요." 변호사가 말했다. 하녀가 강하게 안 된다고 하자 그는 다시 덧붙였다. "이분이 누구신지 알려 드리죠. 런던 경찰국의 뉴커먼 경위이십니다."

밉살스럽게도 하녀는 순간적으로 즐거워하는 기색을 보였다. "저런, 주인어른이 곤경에 처하셨나 보네요! 무슨 일이죠?"

경위가 어터슨 씨와 눈빛을 교환한 뒤, 말했다. "평판이 그다지 좋지 않았나 보네요. 자, 부인, 이 신사분과 제가 좀 둘러보겠습니다."

늙은 하녀만 남은 그 집에서 하이드 씨는 방 두 개만 사용했는데, 화려하고 고급스럽게 꾸며져 있었다. 와인이 채워진 벽장, 은식기, 고상한 식탁보와 냅킨이 있었고, 벽에는 멋있는 그림 한 점이 걸려 있었다(미술에 조예가 깊은 헨리 지킬의 선물일 거라고 어터슨은 추정했다). 바닥에 깔린 카펫도 털이 촘촘하고 색이 다른 장식들과 잘 어울렸다. 그러나 이런 실내장식과 대조적으로 바로 조금 전까지 서둘러 뒤져댄 흔적이 곳곳에 남아 있었다. 주머니가 뒤집힌 옷들이 바닥에 널렸고, 자물쇠 달린 서랍은 열려 있었다. 또 서류들을 태웠는지 난로에는 회색 재가 수북하게 쌓여 있었다. 경위가 잿불에서 타다 남은 녹색 수표장 귀퉁이를 꺼냈고, 문 뒤에서 지팡이의 나머지 절반이 발견되었다. 이로써 범인에 대한 혐의를 확인한 경위는 흐뭇해했으며, 은행에 찾아가서 살인범의 계좌에서 수천 파운드의 예금을 찾아냈을 때는 대단히 만족스러워했다.

경위가 어터슨 씨에게 말했다. "걱정 마세요. 그자는 제 손안에 있어요. 분명 허둥댔을 겁니다. 지팡이도 두고 갔고 무엇보다 돈이 있어야 살 텐데 수표책을 태운 걸 보면 확실합니다. 이제 은행에서 그놈을 기다리기만 하면 됩니다. 수배 전단지도 돌리고요."

그러나 마지막 일은 쉽지 않았다. 하이드 씨와 가까이 지낸 사람이 거의 없었고 사건을 목격한 하녀의 주인도 그를 두 번밖에 보지 못했기 때문이다. 그의 가족에 대해서도 알려진 바가 없었고 그는 사진을 찍은 적도 없었다. 일반 사건의 경우 목격자마다 진술이 다르듯이, 그의 모습을 설명할 수 있는 몇 안 되는 사람들도 서로 다르게 이야기했다. 다만 딱 한 가지 일치하는 진술이 있었다. 뭐라 정확히 말할 수는 없지만, 모두 도망친 범인에게서 기형이라는 느낌을 받았다는 것이었다.

5장

편지 사건

어터슨 씨가 지킬 박사의 집에 찾아갔을 때는 늦은 오후였다. 풀의 안내를 받아 주방을 지나 예전에 정원이었던 마당을 건너서 실험실 또는 해부실로 불리는 건물로 갔다. 유명한 외과 의사의 상속인으로부터 이 건물을 매입한 박사는 해부학보다는 화학을 좋아했기에 정원 지하 공간의 용도를 바꾸었다. 어터슨 씨가 박사의 거처 중 이곳에 발을 디딘 것은 이번이 처음이었다. 침침하고 창이 없는 이 건물을 호기심 어린 눈으로 잘 살펴보았다. 수술실을 지나갈 때는 그 생소함에 불쾌한 감정이 들어 주위를 둘러보았다. 예전에는 학구열에 불타는 학생들로 붐볐겠지만 지금은 적막하기만 했다. 뿌연 둥근 천장을 통해 들어온 희미한 햇빛 사이로 화학 실험 기구들이 놓인 실험대와 바닥 여기저기에 흩어져 있는 짚이 채워진 상자들이 보였다. 더 끝에는 계단이 있었고 그 계단을 올라가니 붉은색 모직 천이 씌워진 문이 나왔다. 어터슨 씨는 그 문을 통해 드디어 박사의 골방으로 들어갔다. 그 방은 벽마다 유리장들이 놓여 있었고, 여러 가지 물건 중에서도 커다란 전신거울과 업무용 테이블이 눈에 띄었다. 그리고 창살이 가로로 있고 먼지가 잔뜩 낀 세 개의 창 아래로 안뜰이 내려다보였다. 벽난로에는 불이 피워져 있었고, 굴뚝 선반 위의 램프도 켜져 있었다. 실내인 데다 안개가 짙게 깔리기 시작했기 때문이다. 불가에 가까이 앉은 지킬 박사는 많이 아파 보였다. 그는 손님을 일어나서 맞이하지는 않고 차가운 손만 내밀고 평소와는 다른 목소리로 인사를 했다.

"그건 그렇고, 소식 들었나?" 풀이 방에서 나가자마자 어터슨 씨가 말했다.

박사는 몸서리를 쳤다. "사람들이 광장에서 큰 소리로 떠들어 대더군. 다이닝 룸까지 들리더라고."

"한마디만 하지. 커루는 내 고객이었네만, 자네 역시 마찬가지지. 이 사건이 나와 어떻게 연관되는지 알고 싶네. 자네가 제정신이라면 그 친구를 숨겨 주지는 않겠지?" 변호사가 말했다.

"어터슨, 신께 맹세하네. 맹세코 다시는 그를 보지 않겠네. 그 친구와 절교하겠다고 맹세하지. 완전히 끝이야. 사실 그 친구는 내 도움도 원하지 않네. 자네는 그 친구를 나만큼 알지 못하네. 위험한 친구가 아니라, 오히려 꽤 믿을 만한 친구야. 내 말을 잘 들어 두게. 그 친구 이야기는 더 이상 들리지 않을 걸세."

변호사는 친구의 흥분한 태도가 마음에 들지 않아 어두운 표정으로 이야기를 듣다가 말했다. "자네는 그자를 많이 믿는가 보군. 자네를 위해서 나도 그러길 바라네. 재판이 시작되면 자네 이름이 거론될 수도 있네."

"나는 그 친구를 정말 믿네. 누구에게도 말해 줄 순 없지만 그럴 만한 확실한 근거가 있지. 그런데 자네에게 조언을 구할 일이 하나 있네. 나한테 편지 한 통이 왔는데, 그걸 경찰에게 보여줘야 하는지 잘 모르겠어. 자네에게 그 일을 맡기고 싶네, 어터슨. 자네라면 현명하게 판단하리라 믿네. 정말 자네를 믿으니까."

"그자의 정체가 탄로 날까 봐 두려운가?" 변호사가 물었다.

"아니, 하이드가 어떻게 될지 걱정된다는 말이 아니네. 그 친구와는 끝났으니까. 내가 걱정하고 있던 건 내 평판일세. 이 지긋지긋한 일이 밝혀져서 오히려 다행이야."

어터슨은 잠시 생각에 잠겼다. 친구의 이기심에 놀라면서도 안도하며 말했다. "음, 그 편지 좀 보세."

편지의 글씨는 전혀 기울어지지 않고 똑바로 선 필체여서 기묘했고, '에드워드 하이드'라는 서명이 들어가 있었다. 내용을 간단히 줄이면, 편지 작성자는 후원자인 지킬 박사에게 오랫동안 신세를 크게 지고 제대로 갚지도 못했지만 확실하고 믿을 수 있는 도피 수단이 있으니 자기 걱정은 그만해도 된다고 했다. 의외로 두 사람이 좋은 사이임이 편지에 드러나 있어서 변호사는 이 편지가 마음에 들었다. 그래서 이전에 하이드를 의심했던 자신을 책망했다.

"봉투 있나?" 그가 물었다.

"태워 버렸네. 어떻게 할지 생각도 못 하고 말이야. 하지만 봉투에 소인은 찍혀 있지 않았네. 그냥 인편으로 받았어." 지킬 박사가 대답했다.

"내가 보관하면서 어떻게 할지 좀 생각해 봐도 될까?" 어터슨이 물었다.

"나 대신 자네가 판단해 주게. 나도 나를 믿기 힘드네"라고 지킬 박사가 대답했다.

"음, 생각해 보겠네. 하나만 더 물어보지. 자네 유언장에서 실종 부분에 대한 조건을 받아쓰게 한 사람이 하이드였는가?" 박사는 돌연 현기증이 난 것 같았다. 입을 굳게 다물고 고개를 끄덕였다.

"그럴 줄 알았네. 자네를 죽일 셈이었겠지. 잘 피했네."

"생각했던 것보다 훨씬 많은 걸 얻었네." 박사가 진지하게 답했다. "하나 배웠지. 맙소사, 어터슨, 정말 커다란 교훈을 얻었네!" 그리고 잠시 두 손으로 얼굴을 가렸다.

변호사는 나가는 길에 멈춰 서서 풀과 짧게 이야기를 나누었다. "그런데, 오늘 편지 한 통이 전달되었다지. 어떤 사람이 가져왔는가?" 그가 물었다. 그러나 풀은 우편물 외에는 아무것도 오지 않았다고 확언했다. "그리고 우편물도 안내문이 전부였죠"라고 덧붙였다.

변호사는 그 이야기를 듣고 다시 두려움을 느끼며 집에서 나왔다. 분명 그 편지는 실험실 문을 통해 들어왔다. 어쩌면 골방에서 쓴 것인지도 모른다. 그리고 만약 그렇다면, 판단을 달리하고 좀 더 신중하게 처리해야 한다. 그가 돌아가는 길에 신문팔이들이 쉰 목소리로 외치는 소리가 들렸다. "호외요! 충격, 하원의원 살인 사건!" 그것은 친구이자 고객이었던 피해자에 대한 추도사였다. 그리고 그는 또 다른 사람의 이름이 추문에 오르내리지 않을까 하는 걱정을 하지 않을 수 없었다. 적어도 그는 곤란한 결정을 내려야 했다. 원래 혼자 알아서 하는 성격이었던 그는 지금 조언이 간절했다. 직접적인 조언을 얻기는 힘들겠지만, 찾아보면 얻어걸리는 게 있을지도 모른다고 생각했다.

얼마 후, 그는 자기 집에서 난로를 가운데 두고 사무장인 게스트 씨와 마주 앉았다. 그리고 난로에서 적당히 떨어진 곳에는 햇빛을 피해 지하실에서 오래 숙성시킨 좋은 와인 한 병이 있었다. 런던은 여전히 안개에 푹 잠겨 축축했고 가로등은 그 속에서 홍옥처럼 반짝였다. 소리까지 덮고 질식할 정도로 무겁게 내려앉은 안개 속에서도 대동맥인 도로에는 도시의 삶을 알려 주듯 행렬을 이룬 마차들이 시끄러운 소리를 내며 빠르게 지나갔다. 밖은 어두웠지만 두 사람이 있는 방은 난로의 불빛 덕분에 밝았다. 와인의 신맛은 병 속에서 사라진 지 오래되었고, 스테인드글라스의 색이 더 풍부해지듯이 세월과 함께 숙성된 붉은색은 부드러웠다. 언덕 중턱에 자리한 포도원에서 자라며 포도가 머금은 가을 오후의 뜨거운 햇살이 병 속에서 풀려나와 런던의 안개도 흩어버릴 수 있을 것 같았다. 변호사는 저절로 마음이 누그러졌다. 그는 게스트 씨에게만큼은 비밀이 많지 않았다. 대화하다 보면 생각했던 것보다 속내를 더 많이 풀어놓았다. 게스트 씨는 가끔 일 때문에 박사의 집에 가곤 했다. 그래서 풀과도 아는 사이니까 하이드 씨가 그 집을 허물없이 드나든다는 이야기를 분명 들었을 것이고 결론도 내렸을지 모른다. 그렇다면 미스터리를 해결해 줄 편지도 보는 것이 좋지 않을까? 그리고 무엇보다도 게스트는 필체 감정의 전문가니까 편지를 보여 주어도 당연하게 생각하지 않을까? 게다가 그는 사무장이었으므로 법률 자문도 했다. 이렇게 이상한 편지를 읽으면서 아무 의견도 내지 않을 리가 없었다. 그의 의견을 듣고 향후 처리 방침을 정해도 될 것이다.

"이번에 일어난 댄버스 경 사건은 통탄할 일이군." 그가 말했다.

"그렇습니다, 변호사님. 사람들 감정이 격해졌어요. 정말 미친 작자예요." 게스트가 대답했다.

"그래서 자네 의견을 좀 듣고 싶네." 어터슨이 응답했다. "여기 그자가 쓴 편지가 있네. 우리끼리만 하는 말인데, 이걸 어떻게 해야 할지 잘 모르겠네. 도저히 좋게 볼 수 없는 추악한 범죄지. 하지만 보게. 살인자의 자필일세. 자네 전문 분야가 아닌가."

게스트는 눈을 반짝이며 즉시 자리에 앉아서 편지를 열심히 들여다보았다. "아니에요, 변호사님. 미친 자가 아니네요. 그런데 필적이 좀 기이하네요."

"필적만이 아니라 어떻게 봐도 아주 이상한 사람이지." 변호사가 덧붙였다.

바로 그때 하인이 메모를 갖고 들어왔다.

"지킬 박사님이 보낸 겁니까, 변호사님?" 사무장이 물었다. "제가 그분 필체를 알거든요. 사적인 내용입니까?"

"그냥 저녁 초대장일세. 왜 그러나? 보고 싶은가?"

"네, 잠깐만요. 감사합니다, 변호사님." 사무장이 두 장의 종이를 나란히 놓고 내용을 꼼꼼하게 비교했다. 마침내 그가 두 장을 모두 돌려주며 말했다. "필체가 아주 흥미롭네요."

잠시 침묵이 흘렀고 그동안 어터슨 씨는 애써 냉정해지려고 했다.

"왜 그 둘을 비교했는가, 게스트?" 그가 갑자기 물었다.

"음, 변호사님. 두 필체가 특이하게 닮은 점이 있어요. 기본적으로 두 필체는 여러 면에서 동일합니다. 기울어진 정도만 달라요." 사무장이 대답했다.

"좀 이상한 일이군." 어터슨이 말했다.

"변호사님 말씀대로 좀 이상합니다." 게스트가 답했다.

"이 메모에 대해서는 말하지 않겠네." 어터슨이 말했다.

"네, 변호사님. 알겠습니다." 사무장이 말했다.

하지만 그날 밤, 어터슨 씨는 혼자 있게 되자마자 그 메모를 금고에 넣고 잠갔다. 그렇게 그 메모는 계속 금고에 보관되었다. '허! 헨리 지킬이 살인자의 필체를 위조하다니!' 이런 생각을 하자 그는 오싹 소름이 끼쳤다.

6장

갑작스러운 래니언 박사의 죽음

시간은 계속 흘렀다. 댄버스 경 사망 사건은 대중의 공분을 샀기에 수천 파운드의 현상금이 걸렸다. 하지만 하이드 씨는 존재하지도 않았던 사람처럼 경찰의 시야에서 사라졌다. 그래도 그의 과거가 많이 밝혀졌는데 전부 악평뿐이었다. 그에 관하여 잔인무도하고 폭력적인 성향, 야비한 생활, 함께 어울렸던 이상한 패거리들, 증오 등에 관한 이야기들이 흘러나왔다. 하지만 현재 그의 행방에 대해서는 소리 소문도 없었다. 살인을 범한 그날 아침에 소호에 있는 집을 떠난 이후로 그는 정말 흔적도 없이 사라졌다. 그리고 시간이 흐름에 따라 어터슨 씨의 불안감도 점점 진정되고 마음도 평온해졌다. 댄버스 경의 죽음이 애석하기는 하나 하이드 씨의 자취가 사라졌으니 그나마 다행이라고 좋게 생각했다. 그런 사악한 영향력이 물러났으니 지킬 박사의 새로운 삶이 시작되었다. 은둔 생활에서 벗어난 그는 교우 관계를 회복하고, 다시 친구들에게 친밀하고 환영받는 손님이 되었다. 전에도 자선활동으로 널리 알려졌던 그는 이제 그 못지않게 신앙생활도 열심히 했다. 외부 활동도 많이 하고 좋은 일도 하면서 바쁘게 지냈다. 봉사 의식 때문인지 얼굴도 환해졌다. 박사의 평화로운 생활은 그렇게 두 달 이상 이어졌다.

1월 8일, 박사의 집에서 작은 식사 모임이 열렸고 어터슨과 래니언도 그 자리에 참석했다. 집주인인 박사는 삼총사로 붙어 다녔던 오래전처럼 두 친구의 얼굴을 쳐다보았다. 12일과 14일에는 변호사가 찾아갔는데 박사는 만나주지 않았다. 다만 풀이 "박사님은 두문불출 중이세요. 아무도 안 만나십니다"라고 말했다. 15일에도 다시 찾아갔지만 역시 거절당했다. 지난 두 달 동안 거의 매일 만났던 박사가 다시 은둔 생활에 들어가자 변호사는 마음이 무거워졌다. 다섯 번째 방문 후에는 게스트 씨를 집으로 불러 함께 저녁 식사를 했고, 여섯 번째 방문 후에는 래니언 박사의 집으로 갔다.

래니언의 집에서는 적어도 문전박대는 당하지 않았다. 하지만 집안에 들어갔을 때 래니언의 외모가 너무나 바뀌어서 충격을 받았다. 얼굴에는 죽음의 기색이 확연히 드리워져 있었다. 불그레하게 혈색 좋았던 얼굴은 창백했고, 그새 살이 빠지고 머리숱도 눈에 띄게 줄었다. 그래서인지 많이 늙어 보였다. 하지만 변호사가 진짜로 주목한 것은 이런 급격한 신체 노화가 아니라 깊은 속마음에 자리한 공포가 드러난 눈빛과 태도였다. 래니언이 죽음을 두려워할 것 같지는 않았지만 그래도 그 때문일지 모른다고 생각했다. 그래서 어터슨은 생각했다. '그래, 의사잖아. 자기 상태와 앞으로 얼마나 더 살 수 있을지를 잘 알아서 마음고생하는가 보다.' 하지만 어터슨이 래니언에게 병색이 완연하다고 이야기하자 래니언은 아주 단호하게 자신이 불운한 사람이라고 말했다.

"난 너무 큰 충격을 받았네. 절대 회복되지 못할 거야. 살날도 몇 주 남지 않았네. 음, 지금까지 즐겁게 살았네. 사는 게 즐거웠어. 그래, 참 좋았어. 그런데 가끔은 진실을 알게 되느니 차라리 세상을 뜨는 게 더 낫겠다 싶네."

"지킬도 아프더군. 본 적 있나?" 어터슨이 말했다.

그러자 래니언은 표정을 바꾸고 한 손을 덜덜 떨며 들어올렸다. "지킬 박사에 대해서는 더 보고 싶지도, 듣고 싶지도 않네." 그가 불안정한 목소리로 크게 말했다. "그자와는 완전히 끝났네. 부탁하는데, 나는 그자를 죽은 셈 칠 테니 자네도 언급하지 말아 주게."

"쯧쯧!" 어터슨이 혀를 찬 뒤, 한참 후에 말했다. "내가 할 수 있는 일이 있을까? 우리 셋은 정말 오래된 친구 사이 아닌가, 래니언. 이제 다른 사람들과는 그런 사이가 될 수 없지 않나."

"자네가 해 줄 수 있는 것은 없네. 지킬 그 친구에게 물어보게." 래니언이 대답했다.

"그 친구가 나를 보려 하지 않네." 변호사가 말했다.

"놀랍지도 않지. 어터슨, 내가 죽고 나면 자네도 이 일에 대한 시시비비를 알게 될지도 몰라. 그때까지는 그냥 다른 이야기를 하세. 하지만 이 지긋지긋한 주제를 피할 수 없다면 제발 돌아가 주게. 도저히 참을 수가 없네."

집으로 돌아온 어터슨은 바로 자리에 앉아 지킬에게 편지를 썼다. 찾아갔다가 문전박대당한 것에 대한 푸념을 늘어놓고 래니언과 절교하게 된 이유가 무엇인지 물었다. 그리고 다음 날 장문의 답장을 받았는데, 아주 애처로운 내용도 있고 막연하고 애매한 내용도 있었다. 래니언과의 다툼은 되돌릴 수 없다고 했다. "우리의 옛 친구를 탓하지는 않네. 하지만 절대 서로 만나서는 안 된다는 그의 견해에는 나도 동의하네. 이제부터 완전히 은둔에 들어가겠다는 뜻일세. 자네에게까지 문을 열어주지 않더라도 놀라지 말고 나의 우정을 의심하지도 말게. 내가 어두운 길을 가도 내버려두게. 말로 할 수 없는 위험과 형벌을 자초한 건 나니까. 내가 죄인 중의 괴수라면 가장 극심한 고난을 겪는 자이기도 하네. 아마 이 고통과 공포를 가라앉혀 줄 것은 세상에 없을 걸세. 어터슨, 이 운명의 무게를 덜어주기 위해 자네가 해 줄 일은 하나뿐이네. 내 침묵을 존중하는 것이지." 어터슨은 놀랐다. 하이드의 사악한 영향력이 사라지고, 박사는 다시 예전처럼 일도 하고 사교생활도 했는데. 일주일 전만 해도 즐겁고 명예로운 노년을 약속하며 미래가 밝았는데. 순식간에 우정과 마음의 평화, 인생행로 전체가 엉클어졌다. 갑자기 이렇게 심하게 바뀌었다면 미쳤다는 뜻인데, 래니언의 말과 태도로 볼 때 좀 더 뿌리 깊은 이유가 있는 것이 분명했다.

일주일 후 래니언 박사는 몸져누웠고, 2주도 지나지 않아 사망했다. 슬픔에 잠겨 장례식을 치르고 귀가한 그날 밤, 어터슨은 사무실 문을 잠그고 우울하게 촛불 하나만 켜고 앉았다. 그의 앞에는 봉투 하나가 놓여 있었다. 사망한 친구가 직접 주소를 적고 인장으로 봉인한 것이었다. 봉투에는 '비공개 : G. J. 어터슨 친전, 어터슨이 먼지 사망 시 미개봉 파기'라고 굵은 글씨로 적혀 있었다. 변호사는 편지를 읽기가 두려웠다. '오늘 한 친구의 장례를 치렀는데, 이 편지로 또 다른 친구를 잃으면 어떻게 하나?'라고 생각했다. 하지만 두렵다고 편지를 읽지 않는 것은 의리 없는 행동이라고 판단하고 봉인을 뗐다. 그 안에는 또 다른 봉인물이 있었고, 표지에는 '헨리 지킬 박사가 사망 또는 실종될 때까지 개봉 금지'라는 표시가 있었다. 어터슨은 자신의 눈을 의심했다. 세상에, 실종이라니. 오래전에 작성자에게 되돌려주었던 그 말도 안 되는 유언장에서처럼, 여기에서도 헨리 지킬이라는 이름과 실종이 함께 거론되었다. 하지만 유언장의 그 내용은 하이드라는 작자의 못된 제안에서 나온 것으로, 그 목적은 너무 뻔하고 끔찍했다. 하지만 이 편지는 래니언이 쓴 것인데. 무슨 뜻일까? 신탁 관리인으로서 편지를 받은 어터슨은 호기심 때문에 금지 조항을 무시하고 바로 이 미스터리 해결에 파고들고 싶었다. 하지만 직업적 양심과 죽은 친구에 대한 신뢰 때문에 의무를 엄격하게 지켰다. 그래서 그 편지를 개인 금고 가장 깊숙한 곳에 넣어 두었다.

호기심을 누르는 것과 이겨내는 것은 다른 문제다. 그날 이후로 어터슨이 남은 친구와 예전처럼 정말 교제하고 싶은지 미심쩍기는 했다. 지킬을 좋게 생각했지만, 그의 생각은 불안하고 우려스러웠다. 그는 실제로 친구를 만나러 갔고 역시 집안에 들어가지 못했으나, 그래서 안도했을지도 모른다. 아마 집안에 들어가서 자발적으로 구금에 들어간 속내를 알 수 없는 지킬과 이야기하는 것보다는 공개된 현관 계단에서 바깥 공기와 소리 속에서 풀과 이야기를 했던 것이 더 좋았을 것이다. 사실 풀에게서 좋은 소식을 들지는 못했다. 박사는 실험실 위에 있는 골방에 계속 틀어박혀서 때로 잠도 거기서 자는 것 같았다. 기가 죽은 데다 말도 없어지고 책도 읽지 않았다. 걱정거리라도 있는 것 같았다. 풀이 전해 주는 소식들이 늘 똑같다 보니 어터슨도 점점 지킬을 찾아가지 않게 되었다.

7장

창가에서 벌어진 일

어느 일요일, 여느 때처럼 어터슨 씨는 엔필드 씨와 산책하고 있었다. 또다시 뒷골목을 지나가게 되었고, 그 문 앞에서 멈춰선 두 사람은 문을 응시했다.

"음, 적어도 이 이야기가 끝나긴 하네요. 더 이상 하이드 씨를 보지 못하겠죠." 엔필드가 말했다.

"그러면 좋겠네. 일전에 그자를 봤는데 자네처럼 나도 혐오감을 느꼈다는 이야기를 했던가?"

"혐오감이 안 들 수가 없죠. 그건 그렇고, 이 길이 지킬 박사님 집으로 가는 뒷길이라는 걸 몰랐다니. 저를 얼마나 멍청하게 보셨어요. 제가 그렇게 행동한 데는 형님 책임도 일부 있어요. 제가 진짜 멍청하다 해도 말이에요." 엔필드가 답했다.

"그래서 결국 알아냈는가?" 어터슨이 말했다. "그렇다면, 이제 안뜰에 들어가서 창을 좀 살펴볼까? 사실 지킬 박사 때문에 마음이 편하지가 않네. 이렇게 바깥에서나마 친구가 왔다는 걸 보면 그 친구에게 도움이 될 것 같군."

안뜰은 아주 서늘하고 약간 습했다. 저녁놀이 있어서 머리 위의 하늘은 아직 환했지만, 주위는 이미 어둑어둑했다. 세 개의 창문 중에 가운데 창문이 반쯤 열려 있었고, 그 창가에는 절망에 빠진 죄수처럼 한없이 슬프게 앉아 바깥 공기를 쐬는 사람이 있었다. 어터슨이 보니 지킬이었다.

"이보게, 지킬!" 그가 외쳤다. "좀 좋아졌나?"

"기운이 너무 없네, 어터슨. 정말 안 좋아. 오래가지 못할 거야. 감사하게도." 박사가 처량하게 대답했다.

"너무 집안에만 있어서 그래. 외출도 해야지. 엔필드와 나처럼 산책도 해야 혈액 순환이 잘되지(이쪽은 친척인 엔필드라네). 모자를 챙겨서 지금 나와 보게. 함께 돌아보자고."

"정말 친절하군. 나도 정말 그러고 싶네만 안 되겠네. 정말 불가능해. 하지만 어터슨, 자네를 보니 정말 좋군. 진심이야. 이렇게 만나서 아주 기뻐. 자네와 엔필드 씨에게 올라오라고 권하고 싶지만 장소가 정말이지 적절하지 못하네."

"그러면 우리는 이렇게 아래에 있으면서 이야기를 나누는 게 좋겠군." 변호사가 온화하게 말했다.

"내가 감히 제안하고 싶은 생각이군." 박사가 미소를 지으며 답했다. 하지만 그 말이 채 끝나기도 전에 그의 얼굴에서 미소가 사라지고 공포와 절망에 찬 표정으로 바뀌었다. 얼마나 비참한 표정이었던지 아래에 있던 두 신사의 피까지 얼어붙는 것 같았다. 하지만 곧 창문이 닫혔기 때문에 자세히는 보지 못했다. 그러나 그

것만으로도 충분히 상황 파악이 되었기 때문에 그들은 몸을 돌리고 아무 말도 없이 안뜰을 떠났다. 두 사람은 계속 침묵을 지키며 뒷골목을 나와 근처의 큰길까지 왔다. 일요일인데도 활기가 넘치는 그곳에 와서야 어터슨 씨는 함께 산책한 친구를 돌아보았다. 두 사람 모두 얼굴이 창백했고, 눈에는 공포가 어려 있었다.

"하나님, 세상에. 야단났군." 어터슨 씨가 말했다.

엔필드 씨는 아주 심각하게 고개만 끄덕였고, 둘은 또다시 말없이 계속 걸었다.

8장

마지막 밤

어느 날 저녁 어터슨 씨가 식사 후 난롯가에 앉아 있는데, 풀이 찾아와서 놀랐다.

"아니, 풀, 어쩐 일로 여기에 왔는가?" 어터슨은 놀라서 크게 말한 뒤 풀을 쳐다보면서 다시 말을 이었다. "어찌 된 건가? 지킬 박사가 아픈가?"

"어터슨 변호사님, 뭔가 잘못된 것 같습니다." 풀이 말했다.

"우선 앉게, 여기 와인이 있으니 한 잔 들고. 자, 서두르지 말고 무슨 일인지 알기 쉽게 말해 보게." 변호사가 말했다.

"변호사님은 박사님의 방식을 잘 아시죠. 어떻게 칩거하고 계시는지 말이에요. 박사님이 다시 골방에서 안 나오세요. 변호사님, 저는 그게 마음에 들지 않습니다. 죽어도 좋아질 리 없죠. 어터슨 변호사님, 전 두렵습니다." 풀이 대답했다.

"이보게, 분명히 말해 보게. 뭐가 두려운가?" 변호사가 말했다.

"일주일 내내 무서웠습니다. 더 이상은 못 참겠어요." 풀은 변호사의 질문을 들은 체 만 체하고 이렇게만 답했다.

풀의 모습 역시 하는 말과 별로 다르지 않아 종잡을 수 없었다. 태도는 더 심했다. 그는 처음에 두렵다고 말했을 때만 변호사를 똑바로 바라봤고 그 후로는 쳐다보지도 않았다. 지금도 와인은 입도 대지 않고 무릎 위에 놓은 채, 바닥의 한쪽 구석만 쳐다보았다. "더는 참지 못하겠어요." 그는 똑같은 말을 반복했다.

"이보게, 풀, 자네가 이러는 이유가 있겠지. 뭔가 일이 크게 잘못된 것 같군. 그게 무엇인지 말해 보게."

"범법 행위가 있었던 것 같습니다." 풀이 쉰 목소리로 말했다.

"범법 행위!" 변호사는 깜짝 놀랐고 그 때문에 초조해져서 소리를 쳤다. "무슨 범죄란 말인가! 지킬 박사가 무슨 일을 했다는 뜻이야?"

그가 대답했다. "도저히 말로는 설명하지 못하겠습니다, 변호사님. 저와 함께 가서 직접 봐주세요."

어터슨은 아무 말 없이 일어나서 모자와 코트를 챙겼다. 옷을 입으면서도 크게 안도하는 집사의 얼굴을, 또 집사가 여전히 입도 안 댄 와인을 내려놓는 모습을 놀라서 쳐다보았다.

3월답게 바람이 많이 불고 추운 밤이었다. 하늘에는 침침하고 흐릿한 으스름달이 거센 바람에 밀린 것처럼 등을 대고 누워 있었고, 솜털처럼 엷은 구름이 흘러가고 있었다. 바람이 너무 세서 이야기하기도 힘들었고 얼굴은 추위로 붉게 상기되었다. 평소와 달리 휑한 거리를 보니 바람이 사람들까지 휩쓸어 간 것 같았다. 런던의 이곳이 이렇게 한적했던 적은 없었다고 어터슨 씨는 생각했다. 어쩌면 거리에 사람들이 북적이기를 바랐을 수도 있다. 여태 살면서 자기와 같은 인간들을 보고 접촉하고 싶다는 바람을 이토록 강하게 의식했던 것은 처음이었다. 어떻게든 부정하려고 애써 봤지만, 불길한 예감이 마음에 사무쳤다. 그들이 도착했을 때 광장은 바람에 날리는 먼지로 가득했고, 정원의 호리호리한 나무들은 난간에 세차게 부딪히고 있었다. 내내 한두 걸음 앞서가던 풀이 이제 도로 한가운데에 멈춰 서서 살을 에는 듯한 날씨인데도 모자를 벗고 붉은색 손수건으로 이마를 닦았다. 서둘러 오긴 했지만 그가 닦아낸 땀방울은 힘들어서가 아니라 숨 막힐 정도로 괴로웠기 때문에 흘린 것이었다. 그의 얼굴은 창백했고 말할 때 목소리는 거칠고 갈라져 있었다.

"변호사님, 도착했습니다. 하나님, 부디 아무 일도 없게 해 주세요." 풀이 말했다.

"아멘." 변호사가 답했다.

집사는 아주 조심스럽게 노크했다. 문의 체인이 벗겨졌고, 안에서 어떤 목소리가 물었다. "풀, 당신이에요?"

"그래. 문 열게." 풀이 말했다.

두 사람이 안으로 들어가서 보니 현관홀에 환하게 불이 켜져 있었다. 난로의 불길이 높이 타올랐고, 난로 주변에는 하인과 하녀들이 모두 모여 있었다. 하녀는 어터슨 씨를 보자 신경질적으로 훌쩍이기 시작했다. 요리사는 "감사합니다, 하나님. 어터슨 씨네요"라고 외치면서 앞으로 달려 나왔다. 마치 그를 얼싸안을 것처럼 말이다.

"뭔가? 뭡니까? 왜 모두 다 여기 있는 건가?" 변호사가 언짢게

날했나. "질서가 없군, 보기 안 좋아. 자네들 주인이 보면 달가워하지 않겠어."

"저 사람들 모두가 두려워합니다." 풀이 말했다.

침묵이 이어졌지만 아무도 말하지 않았다. 홀쩍이던 하녀의 울음소리만 크게 들렸다.

"입 다물게!" 풀이 우는 하녀에게 말했다. 사납게 말하는 억양으로 볼 때 신경이 곤두서 있음을 알 수 있었다. 사실 그 하녀의 울음소리가 갑자기 커진 탓에 모여 있던 사람들 모두 무서운 일이 일어날까 봐 걱정하는 얼굴로 안쪽 문을 향해 몸을 돌렸다. 집사가 나이프보이(나이프 등 식탁용 날붙이를 정리하는 소년 – 역주)에게 "촛불 가져와. 바로 끝내자고"라고 말했다. 그러고는 어터슨 씨에게 따라와 달라고 하며 앞장서서 뒤뜰로 갔다.

"변호사님, 이제 최대한 조용히 따라오세요. 들키지 마시고 잘 들으셔야 합니다. 그리고 말입니다, 혹시라도 저쪽에서 들어오라고 해도 가시면 안 됩니다."

예상치 못한 풀의 말에 어터슨 씨는 놀라서 넘어질 뻔했다. 하지만 그는 용기를 끌어모아 집사를 따라 실험실 건물로 들어가서 나무 상자와 병들이 널브러진 수술실을 지나 계단참에 섰다. 여기에서 풀은 그에게 손짓으로 한쪽에 서서 들어보라고 했다. 본인은 촛불을 내려놓고 결심을 다지더니, 계단을 올라가서 붉은 천이 대어진 골방문에 자신 없게 노크했다.

"박사님, 어터슨 씨께서 뵙기를 청하십니다." 풀은 이렇게 고하면서, 변호사에게 귀를 기울여 보라고 한 번 더 크게 손짓했다.

안에서 대답 소리가 들렸다. "아무도 보지 않겠다고 전하게." 불만스러운 목소리였다.

"알겠습니다, 박사님." 대답하는 풀의 목소리에는 의기양양한 기색이 있었다. 그는 촛불을 들고 어터슨 씨를 다시 안내하여 뒤뜰을 건너 커다란 주방으로 왔다. 주방의 난로는 꺼져 있었고 딱정벌레들이 바닥을 기어다니고 있었다.

"변호사님, 아까 그 목소리가 우리 주인어른의 목소리던가요?" 그가 어터슨 씨의 눈을 보며 말했다.

"많이 변한 것 같더군." 변호사는 아주 핼쑥한 얼굴로, 집사의 눈을 마주 응시하며 말했다.

"그렇죠? 네, 제가 생각하기에도 그래요." 집사가 말했다. "제가 이 집에서 20년을 일했는데 그분 목소리를 모를까요. 그렇습니다, 변호사님. 주인어른은 이미 돌아가신 거예요. 여드레 전에 주인어른이 하나님을 부르며 울부짖는 소리를 들었습니다. 아마 그때 돌아가셨을 거예요. 도대체 누가 그분을 대신해 저 안에 있고 왜 저기에 있는 건지, 하늘에 대고 호소하고 싶네요, 어터슨 변호사님!"

"이건 아주 이상한 이야기일세, 풀. 정확히 말하면 황당한 이야기지." 어터슨이 손톱을 깨물며 말했다. "자네 생각대로 지킬 박사가 음, 살해당했다고 가정해 보세. 무슨 동기로 살인자가 저기에 머무르겠는가? 그건 말이 되질 않아. 합당하지 않아."

"변호사님은 납득하기 힘드시겠지만, 그래도 저는 해야겠습니다. 지난주 내내 (선생님이 모를 리 없는) 그분, 아니 그자, 아니 뭐가 됐든 저 골방에 있는 그 사람이 어떤 약물을 가져오라고 밤낮없이 외쳐댔어요. 그런데 원하는 약이 아니었나 봅니다. 그자가 주인어른의 방식대로 주문서를 써서 계단으로 던질 때도 있었고요.

이번 주도 마찬가지였어요. 종이만 던지고 문은 닫혀 있었어요. 식사는 문 앞에 놔두면 아무도 안 볼 때 몰래 들여갔죠. 이것 참, 변호사님, 그자는 매일같이 하루에 두세 번씩 주문과 불평이 적힌 종이를 줍니다. 그러면 저는 런던 시내의 모든 약제 도매상을 뛰어다녀야 했고요. 물건을 구해서 돌아오면 매번 불순물이 섞여 있다고 반품하라는 쪽지를 또 줍니다. 그리고 다른 도매상으로 가라고 또 주문서를 주죠. 그자는 용도도 모르겠는 이 약을 무척 원하고 있습니다."

"그 쪽지들을 갖고 있나?" 어터슨 씨가 물었다.

풀은 주머니에 손을 넣어 더듬더니 구겨진 쪽지 하나를 꺼냈다. 촛불 가까이 몸을 구부린 변호사는 쪽지를 주의 깊게 살펴보았다. 쪽지에는 다음과 같은 내용이 적혀 있었다. "지킬 박사가 모오 상회에 경의를 표합니다. 최근 귀 상회가 보내준 샘플은 불순물이 섞여 있어서 본인의 현재 목적에 쓸모가 없습니다. 18○○년에 지킬 박사는 귀 상회에서 꽤 많은 양의 제품을 사들였습니다. 지금 그 제품을 찾아 같은 품질의 제품이 남아 있으면 바로 발송해 주시길 간곡히 부탁합니다. 이 제품은 지킬 박사에게 정말로 중요합니다." 여기까지는 침착하게 작성되었는데, 덧붙여진 문장은 갑자기 편지 작성자의 감정의 고삐가 풀린 것처럼 문체가 갑자기 바뀌었다. "제발, 예전 제품 좀 찾아주시오."

"기이한 쪽지군." 어터슨 씨가 이렇게 말하더니 날카로운 질문을 던졌다. "그런데 이걸 어떻게 손에 넣었나?"

"모오 상회 직원이 크게 화를 내더니 쓰레기 던지듯 저에게 던졌습니다, 변호사님." 풀이 대답했다.

"이건 틀림없이 박사가 쓴 것인데, 자네도 알지?" 변호사가 다시 말했다.

"제 생각에도 그런 것 같습니다." 집사가 약간 볼멘소리로 말한 뒤, 목소리를 바꾸어 덧붙였다. "하지만 필체가 문제가 아니라요, 제가 그자를 봤습니다!"

"그자를 봤다고?" 어터슨 씨가 그 말을 따라 했다.

"네, 봤죠! 어떻게 된 거냐 하면요, 제가 갑자기 정원에서 수술실로 갔을 때였습니다. 그자는 이 약인지 뭔지를 찾느라 밖에 나온 것 같았죠. 골방문이 열려 있었고 그자는 방 저쪽 끝에서 상자들을 뒤지고 있었거든요. 제가 들어가니까 그자가 고개를 들고 쳐다보더니 비명을 지르고 골방으로 후다닥 올라갔어요. 제가 그자를 본 게 1분도 안 됐는데 머리카락이 쭈뼛 섰어요. 변호사님, 그자가 주인어른이라면 왜 마스크를 썼을까요? 왜 쥐새끼처럼 소리를 지르고 도망을 가냐고요? 제가 주인어른을 얼마나 오랫동안 모셨는데…" 집사가 잠시 말을 멈추고 얼굴을 문질렀다.

"이 모두가 아주 기이한 상황이군." 어터슨 씨가 말했다. "하지만 이제 실마리가 보이기 시작하는 것 같네. 풀, 자네 주인은 사람을 불안에 떨고 흉하게 만드는 병에 걸린 게 분명하네. 그래서 아마 목소리가 바뀌고, 마스크를 쓰고 친구들을 피하는가 보네. 그러니까 그 친구가 이 약을 그렇게 열심히 찾는 것일 거고. 이 약은 그 불쌍한 영혼의 병을 낫게 해 줄 최후의 희망인 게지. 하나님, 제발 그가 현혹당하지 않게 해 주세요! 이게 내 생각일세. 참 슬프구먼, 풀. 아, 생각해 보면 섬뜩하지 않나. 하지만 분명하고 당연한 이야기일세. 앞뒤도 딱딱 맞고. 이제 엄청난 불안에서 벗어날 수 있겠군."

"변호사님." 이렇게 부르는 집사의 안색은 붉으락푸르락 수시로 바뀌었다. "그자는 주인어른이 아니에요, 그게 진실입니다. 우리 주인어른은, (여기에서 그는 주위를 둘러본 뒤 속삭이기 시작했다) 키도 크고 체구도 좋으시죠. 하지만 이자는 난쟁이처럼 작아요." 어터슨은 이의를 제기해 보려고 했다. 하지만 풀이 소리를 쳤다. "오, 변호사님. 20년이나 됐는데 제가 주인어른을 모른다고 생각하세요? 그분 머리끝이 골방문의 어디에 닿는지도 압니다. 20년 동안 아침마다 봤는데요. 아닙니다, 변호사님. 마스크를 쓴 그자는 절대 지킬 박사님이 아닙니다. 그자의 정체는 모르지만, 절대 지킬 박사님은 아니지요. 그래서 저는 살인이 일어났다고 믿습니다."

"풀, 자네가 그렇게 말한다면 확인해 보는 게 내 의무겠군. 자네 주인의 감정을 존중하고 싶고 그가 아직 살아 있다고 말하는 듯한 이 쪽지 때문에 난감하지만, 저 문을 부수는 것이 내 의무라고 생각하겠네."

"아, 어터슨 씨, 제 말이 바로 그겁니다." 집사가 외쳤다.

"이제 두 번째 문제가 있네. 누가 부수지?" 어터슨이 다시 말을 꺼냈다.

"음, 변호사님과 제가요." 용감한 대답이었다.

"잘 말했네." 변호사가 대답했다. "결과가 어떻든 자네가 피해를 보는 일은 없게 만들어야지."

"수술실에 도끼가 있습니다." 풀이 이어서 말했다. "그리고 변호사님은 부지깽이라도 드시죠."

변호사는 조잡해도 묵직한 그 도구를 들고 균형을 잡았다. 그리고 계단 위를 올려다보며 말했다. "풀, 자네와 내가 위험에 빠질 지도 모른다는 걸 아나?"

"그리될 수도 있는 게 사실이죠." 집사가 대답했다.

"그러면 솔직해지는 게 좋네." 상대가 말했다. "우리 둘 다 생각을 다 말하지는 않았지. 솔직하게 다 털어놓아 보세. 자네가 본 마스크를 쓴 자 말이야, 얼굴을 알아보았나?"

"글쎄요, 변호사님. 너무 빨리 지나갔고 그놈이 몸을 거의 반으로 구부려서 확실하게 말할 수 없습니다"라고 대답했다. "그러면 그놈이 하이드 씨라는 뜻입니까? 아, 그렇군요. 그럴 것 같았습니다. 변호사님도 알다시피 몸 크기는 거의 같았어요. 빠르고 민첩한 것도요. 그리고 실험실 문으로 들어갈 수 있는 사람이 달리 누가 있겠습니까? 살인 사건이 일어난 시기에도 그자가 열쇠를 갖고 있었다는 사실을 잊지 않으셨죠, 변호사님? 하지만 그게 다가 아닙니다. 혹시 변호사님은 하이드 씨를 만난 적이 있으십니까?"

"그렇다네, 예전에 이야기한 적이 있지." 변호사가 말했다.

"그렇다면 저희처럼, 그에게 뭔가 수상한 점이 있다는 것도 아시겠네요. 정확히 뭐라 말해야 할지는 모르겠지만 그 사람에게는 단순한 수상함 이상으로 사람을 질겁하게 만드는 뭔가가 있습니다. 뼛속까지 오싹해지는 느낌이죠."

"나도 그런 걸 느꼈네." 어터슨 씨가 말했다.

"정말 그렇습니다, 변호사님." 풀이 답했다. "음, 원숭이처럼 가면을 쓴 작자가 화학 약품들 사이로 뛰어다니고 골방에 뛰어 들어갔을 때, 등골이 오싹했어요. 아, 그게 증거가 아니라는 건 압니다. 저는 그런 쪽으로 경험이 충분하지 않으니까요. 하지만 사람에게는 예감이라는 게 있죠. 허니님께 맹세하는데, 그자는 하이드 씨였습니다."

"아, 그래. 내가 걱정하는 점도 같네. 그 관계에서 흉측한 일이 생긴 것 같네. 그래, 정말로 자네 말을 믿네. 불쌍한 해리는 살해 당했다고 믿네. 그리고 그 살인자는 여전히 희생자의 방에 숨어 있다고 믿네. 이제 우리가 원수를 갚아야지. 브래드쇼를 부르게."

하얗게 질린 하인 브래드쇼가 벌벌 떨며 불려 왔다.

"정신 차리게, 브래드쇼." 변호사가 말했다. "다들 긴장해서 떨고 있군. 하지만 이제 우리가 그것을 끝낼 걸세. 여기에 있는 풀과 나는 골방으로 쳐들어갈 거야. 일이 잘되면 모든 책임은 내가 지겠네. 하지만 일이 잘못되거나 범인이 뒤로 빠져나가려고 하면 안 되니까, 자네는 저 나이프보이와 함께 단단한 몽둥이를 들고 귀퉁이를 돌아가서 실험실 문을 지키게. 10분 줄 테니 가 보게."

브래드쇼가 자리를 뜰 때 변호사는 자기 시계를 보았다. "풀, 이제 우리 차례네." 그리고는 부지깽이를 겨드랑이에 끼고 마당으로 향했다. 구름이 달을 가리고 있었기 때문에 상당히 어두웠다. 건물 안 깊숙한 곳까지 들어온 바람 때문에 걸을 때 들고 있는 촛불이 흔들렸다. 두 사람은 수술실에서 조용히 앉아 기다렸다. 런던 곳곳에서 나는 소음이 묵직하게 들렸다. 하지만 두 사람이 앉아 있는 주변은 고요했고, 골방 바닥을 왔다 갔다 하는 한 사람의 발소리만 들렸다.

"이렇게 하루 종일 걸어 다닙니다, 변호사님." 풀이 속삭였다. "아, 그리고 밤에는 더해요. 약제상에서 새 샘플이 올 때만 잠깐 멈춥니다. 양심이 하도 사악해서 쉬지도 못하는군요! 변호사님,

그자가 걸을 때마다 잔혹하게 희생된 피가 뿌려집니다! 하지만 다시 잘 들어보세요. 어터슨 변호사님, 더 가까이 와서 집중해서 들어보세요. 저게 박사님의 발소리인가요?"

걸음 소리가 가볍고 기이했다. 아주 천천히 걷는데 약간 흔들리는 걸음걸이였다. 삐걱거리며 육중한 헨리 지킬의 걸음걸이와는 확실히 달랐다. 어터슨이 한숨을 쉬고는 물었다. "또 다른 점은 없나?"

풀이 고개를 끄덕이고 말했다. "한 번은 훌쩍이는 소리를 들었습니다!"

"훌쩍여? 어떻게?" 갑자기 오싹해진 변호사가 물었다.

"여자처럼, 아니 지옥에 떨어진 영혼처럼 훌쩍이더군요." 집사가 말했다. "그 소리를 듣고 자리를 뜨는데, 저도 울 뻔했습니다."

이제 10분이 다 되어 갔다. 풀은 밀짚 더미 아래에서 도끼를 꺼내고, 공격에 대비하여 주위를 밝히기 위해 가장 가까운 탁자에 촛불을 놓았다. 그들은 쥐 죽은 듯이 고요한 밤에도 발걸음 소리가 꾸준히 들리는 골방 가까이 숨을 죽이며 다가갔다.

"지킬, 좀 보세." 어터슨이 크게 외쳤다. 그는 잠시 말을 멈추고 기다렸지만, 대답은 들리지 않았다. "미리 경고하네. 의심스러운 점이 있어서 자네를 꼭 봐야겠네." 그가 다시 말했다. "정당한 수단으로 안 되면 반칙을 써서라도, 그래도 자네가 응하지 않으면 폭력을 써서라도 봐야겠네!"

"어터슨, 제발 봐주게!" 그 목소리가 말했다.

"아, 지킬의 목소리가 아니군. 저건 하이드의 목소리야!" 어터슨이 외쳤다. "문을 부수게, 풀!"

풀이 이깨 위로 도끼를 휘둘렀다. 그 타격으로 건물이 흔들렸고, 붉은 문에 달린 자물쇠와 경첩이 흔들렸다. 골방에서 듣기 싫은 새된 소리, 마치 공포에 질린 동물의 울음 같은 소리가 들렸다. 다시 도끼가 위로 올라갔고, 문판이 부서지고 문틀이 튀었다. 도끼로 네 번 내리쳤지만, 워낙 튼튼하고 솜씨 있게 조립해서인지 나무 문은 여전히 열리지 않았다. 다섯 번째로 내려쳐서야 자물쇠가 부서져 나갔고 조각난 문이 방 안 카펫에 떨어졌다.

침입자들은 직접 벌인 난동과 이어진 정적에 놀라 뒤로 주춤 물러서서 골방 안을 들여다보았다. 골방에는 등불이 환히 비췄고, 타닥거리며 활활 타는 난롯불과 그 위에서 물이 쉭쉭 끓는 주전자가 있었다. 한두 개의 서랍이 열린 사무용 책상 위에는 서류들이 가지런하게 정리되어 있었다. 난롯불 가까이에는 다구들이 차려져 있었다. 화학 약품으로 가득 채워진 유리장을 제외하면 누가 봐도 런던에서 흔히 볼 수 있는 조용한 서재였다.

방 한가운데에는 어디가 아픈지 몸을 잔뜩 구부리고 누워 있는 한 남자가 있었는데, 몸에 계속 경련이 일었다. 그들은 발끝으로 조용히 걸어 더 가까이 다가가서 그 몸을 뒤집었다. 에드워드 하이드의 얼굴이 보였다. 그는 자기 몸에 비해 너무 큰 옷을 입고 있었다. 박사의 체구에나 맞을 법한 사이즈였다. 아직 경련이 이는 몸처럼 얼굴 인대도 움직이고 있었지만, 생명은 이미 꺼진 상태였다. 손에 쥔 깨진 약병과 공기 중에 맴도는 강한 견과류 냄새로 보아 자살한 것으로 보였다.

"우리가 너무 늦었군." 그가 단호하게 말했다. "구할 수도, 처벌할 수도 없게 되었어. 하이드가 죽어 버렸으니 이제 자네 주인의 시신만 찾으면 되겠네."

수술실과 골방은 건물 대부분을 차지하고 있었다. 특히 일층 대부분을 차지한 수술실은 천장을 통해 빛이 들어왔고, 한쪽 구석에 있는 계단을 통해 올라가는 골방에서는 마당이 보였다. 수술실에서 복도를 지나면 골목길로 나가는 문이 있고, 여기에는 골방으로 가는 별도의 계단이 있었다. 그 외에 어두운색의 벽장 몇 개와 넓은 지하실이 있었다. 이제부터 그들은 이 모든 곳을 철저하게 조사했다. 모든 벽장이 텅 비어 있었고, 문을 열 때 떨어진 먼지로 보아 오랫동안 열지 않은 것 같아서 한 번 훑어보기만 했다. 지하실에는 아주 이상한 잡동사니들이 가득 있었는데, 대부분 지킬의 전임자였던 외과 의사가 사용하던 물건이었다. 지하실 문을 열었을 때도 오랫동안 문에 쳐진 거미줄이 떨어져서 더 이상의 조사는 필요 없어 보였다. 죽었는지 살았는지 알려 줄 헨리 지킬의 흔적은 어디에도 없었다.

풀이 복도 판석에서 발을 쿵쿵 굴렀다. "주인어른은 여기에 묻히신 게 틀림없습니다." 그가 쿵쿵 울리는 소리에 귀를 기울이며 말했다.

"아니면 도망쳤을 수도." 어터슨이 말하면서 몸을 돌리고 골목길에 면해 있는 문을 조사했다. 문은 잠긴 상태였고, 그들은 판석 가까이에서 녹이 슨 열쇠를 발견했다.

"이 열쇠는 사용되지 않은 것 같군." 변호사가 관찰하며 말했다.

"사용이라고요?" 풀이 말했다. "변호사님, 부러진 게 안 보이세요? 누군가가 발로 짓밟아 놓은 것 같은데요."

"아, 부러진 부분 역시 녹이 슬었군." 변호사가 말했다. 두 사람은 겁이 난 표정으로 마주 보았다. "알 수가 없군. 풀, 다시 골방으로 가 보세." 변호사가 말했다.

그들은 조용히 계단을 올라갔고, 간혹 두려운 눈으로 시체를 보면서 더욱 철저하게 조사했다. 한 책상에는 화학 실험을 한 흔적이 있었는데 유리 접시마다 각각 다른 무게의 흰 소금 더미가 놓여 있었다. 그들이 이 불운한 남자의 실험을 방해한 듯했다.

"저 약품이 제가 늘 갖다주었던 겁니다." 풀이 말했다. 그동안에도 주전자의 물은 계속 끓어 넘치고 있었다.

두 사람은 그 넘치는 소리에 놀라 난롯가로 갔다. 난로 가까이에는 안락의자가 아늑하게 놓여 있었고, 앉았을 때 팔꿈치 위치 근처에 다구들이 있었다. 컵에는 설탕이 담겨 있기까지 했다. 책꽂이에는 책 몇 권이 있었고, 한 권은 다구들 옆에 펼쳐져 있었다. 어터슨이 보니 예전에 지킬이 여러 번 극찬했던 신학책을 베껴 쓴 사본이었는데, 거기에 지킬의 필체로 신성모독적인 주석이 달려 있어서 깜짝 놀랐다.

골방을 조사하던 두 사람은 이어서 전신거울 앞으로 갔고 무의식적으로 공포를 느끼며 거울을 들여다봤다. 그러나 거울에서는 천장에서 장밋빛으로 너울거리는 불빛, 책장 유리문에 반짝이며 비치는 난롯불, 몸을 구부린 채 들여다보고 있는 창백하게 공포에 질린 그들의 얼굴만이 보일 뿐이었다.

"이 거울은 이상한 일들을 다 보았겠지요, 변호사님." 풀이 목소리를 낮추어 말했다.

"확실히 이 거울이 제일 이상한 건 사실이네." 변호사도 같은 어조로 말했다. "지킬은 무엇 때문에…" 그는 흠칫 놀라 말을 뚝 끊었다가 심약함을 떨쳐내고 이어서 말했다. "지킬은 이 거울로 무엇을 하고 싶었을까?"

"그러게요." 풀이 말했다.

다음에는 업무용 책상으로 향했다. 책상 위에 가지런히 정리된 서류들 맨 위에 커다란 봉투가 있었다. 그 봉투에는 박사의 필체로 어터슨 씨의 이름이 적혀 있었다. 변호사가 그 봉투를 열자 동봉된 내용물들이 바닥으로 떨어졌다. 첫 번째 동봉물에는 그가 6개월 전에 되돌려주었던 것과 똑같은 조건의 문서가 작성되어 있었다. 즉, 사망 시에는 유언장으로, 실종 시에는 증여 증서의 역할을 할 서류였다. 하지만 에드워드 하이드의 이름 대신 가브리엘 존 어터슨이 적혀 있어서 굉장히 놀랐다. 그는 풀을 쳐다보았다가 다시 그 서류를 본 뒤 마지막으로 카펫 위에 죽어 있는 악인의 시체를 바라보았다.

"이제 좀 알겠군." 그가 말했다. "요즘 이 서류들을 갖고 있던 건 이자였지. 그러니 날 좋아할 이유가 없었네. 자신의 이름이 빠진 걸 보고 분명 격노했겠지. 하지만 이 서류를 없애진 못했군."

그는 다음 동봉물을 들어 올렸다. 그것은 맨 위에 날짜가 적힌 짧은 쪽지로 박사의 필체였다. "오, 풀!" 변호사가 외쳤다. "그는 오늘 여기에 살아 있었네. 이렇게 짧은 시간 안으로는 죽었을 리 없지. 지금도 분명 살아 있을 거야. 도망친 게 틀림없어. 그런데 왜 도망을 치지? 그리고 어떻게? 그가 도망을 쳤다면 이 사건을 자살이라고 할 수 있을까? 아, 신중해야지. 우리가 자네 주인을 매우 비참한 파국에 연루시킬지도 모른다는 예감이 드네."

"변호사님, 그 쪽지를 읽어보시지 그래요?" 풀이 권했다.

"두렵네." 변호사가 진지하게 답했다. 어터슨은 "제가 두려워할 이유가 없게 해 주세요!"라고 기도한 뒤 그 쪽지를 읽었다.

내 친구 어터슨, 자네가 이 쪽지를 받았다는 건 내가 내다보지 못한 상황에서 사라지고 없다는 뜻이겠지. 하지만 입에 담기도 힘든 이런 상황들은 결국 반드시 끝날 것이네. 그것도 빠르게 끝날 테지. 난 본능적으로 알 수 있네. 그러니 어서 가서 래니언이 자네에게 맡기겠다고 경고했던 편지부터 먼저 읽게나. 그 후에 좀 더 자세히 알고 싶은 마음이 든다면 나의 고백도 읽어주게.

하찮고 불행한 자네 친구 헨리 지킬로부터.

"세 번째 동봉물이 있었나?" 어터슨이 물었다.

"여기 있습니다, 변호사님." 풀이 대답하면서 여러 곳을 밀봉한 상당히 두툼한 종이 묶음을 건넸다.

변호사가 받아서 주머니에 넣었다. "이 서류에 대해서는 아무 말도 하지 말게. 자네 주인이 달아났든 죽었든, 그의 명예는 지켜줘야지. 지금 열 시군. 난 집으로 가서 이 서류들을 조용히 읽어 봐야겠네. 하지만 자정 전에는 돌아올 테니, 그때 경찰에 연락하세."

두 사람은 수술실 문을 잠그고 나왔다. 어터슨 씨는 홀 난로 주위에 모여 있던 하인들을 뒤로하고 터벅터벅 걸어 사무실로 돌아왔다. 그리고 이제 이 미스터리를 해결해 줄 두 개의 진술서를 읽었다.

9장

래니언 박사가 남긴 편지

　지금으로부터 나흘 전인 1월 9일 저녁에 등기 우편물 한 통을 받았네. 주소를 적은 글씨를 보니 같은 의사이자 우리 친구인 헨리 지킬의 편지였네. 이전에 편지를 주고받은 적이 없었기 때문에 상당히 놀랐지. 사실 전날 밤에도 이 친구를 만나서 함께 식사한 터이고, 우리 사이에 이런 공식적인 등기 우편물을 보내야 할 이유가 있는지 생각이 나지 않았네. 편지를 읽고 궁금증은 더 커졌는데, 그 내용은 다음과 같다네.

　친애하는 래니언, 자네는 나의 죽마고우지. 우리가 과학적 문제에 대하여 가끔 의견이 갈리긴 했지만, 우리 우정에 금이 갔던 적은 없는 것 같네(적어도 내 기억으로는 그렇다네). 자네가 나에게 '지킬, 내 인생과 명예, 지성이 자네에게 달렸네'라고 말했다면 난 내 왼손을 바쳐서라도 자네를 도왔을 걸세. 그런데 래니언, 지금 내 인생과 명예, 지성은 자네 뜻에 달렸네. 자네가 오늘 밤 나의 기대를 저버린다면 나는 어찌할 바를 모를 걸세. 지금까지의 내용을 보면 내가 자네에게 불명예스러운 뭔가를 부탁하리라 생각할지도 모르지. 판단은 스스로 하게.

오늘 밤 다른 약속이 있다면 모두 미뤄주길 바라네. 설령 황제가 침실로 부르더라도 말이야. 그리고 이 편지를 갖고 우리 집으로 와주게. 집에 마차가 없다면 승합 마차라도 불러서 타고 오게. 집사인 풀에게 열쇠공을 불러서 함께 자네를 기다리라고 지시를 해두었네. 풀을 만나면 열쇠공에게 골방문을 강제로 열게 하고, 골방에는 자네 혼자 들어오게. 그리고 책장 왼쪽 유리문(문자 E)을 열게. 만약에 닫혀 있으면 부수게나. 그리고 위에서 네 번째(아래에서는 세 번째) 서랍을, 내용물을 그대로 둔 채 빼게. 내 마음이 너무 괴로워서 자네에게 잘못 알려 줄까 너무 두렵네만, 내가 실수를 하더라도 내용물을 보고 제대로 된 서랍을 꺼내게. 서랍 안에는 가루, 약병, 장부가 있을 거야. 그 서랍을 그대로 들고 캐번디시 광장의 자네 집으로 돌아가게.

여기까지가 자네가 해 줄 첫 번째 도움이네. 이제부터는 두 번째 도움이야. 자네가 이 편지를 받는 즉시 출발한다면 자정 전에는 집에 돌아올 수 있을 거야. 그 정도의 여유는 있어야 하네. 예방도 예견도 할 수 없는 방해가 생길까 봐 두렵기도 하고, 그 후 남은 할 일을 위해서는 자네 하인들이 잠이 든 시간이 더 좋으니까 말이야. 그러면 이제 자네에게 부탁할 일을 설명하겠네. 먼저 진료실에 혼자 있게나. 그리고 내 이름을 대고 어떤 남자가 찾아오면 자네가 직접 집안에 들이고, 내 골방에서 가져간 그 서랍을 건네주게. 자네가 해 줄 일은 이걸로 끝이네. 자네가 해 준다면 정말 고마울 걸세. 이해가 되지 않더라도 잠시만 기다려 주게. 서랍을 건네고 5분이 지나면 자네가 해 준 일이 얼마나 중요한 것이었는지 저절로 알게 될 걸세. 황당무계하게 보이겠지만, 이 중 하나라도 경시해서는 안 되네. 그랬다가는 내 죽음이나 산산이 조각난 내 지성에 대해 자네가 양심의 가책을 느낄지도 모르니.

자네가 나의 간청을 하찮게 여기지는 않으리라 믿지만, 혹시라도 그럴 가능성을 생각하는 것만으로도 가슴이 철렁하고 손이 떨리는군. 지금 이 시간, 낯선 곳에서 눈앞이 캄캄한 고통 속에서 괴로워하고 있는 나를 생각해 주게. 하지만 자네가 제시간에 나를 도와준다면 내 근심은 옛이야기처럼 해결될 걸세. 나의 친구 래니언, 나를 도와주고 구해 주게.

자네의 친구 H. J.

추신 — 편지를 이미 밀봉했는데, 새로 걱정거리가 생겼네. 내 기대와 달리 우편배달이 제때 이루어지지 않아 자네가 내일 아침까지 이 편지를 받지 못할 수도 있네. 그럴 경우 친애하는 래니언, 편지를 받은 날 자네가 가장 편한 시간에 내 집에 다녀오는 심부름 좀 부탁하네. 그리고 한 번 더 자정에 내가 보내는 심부름꾼을 기다려 주게. 그때는 너무 늦었을 수도 있지만. 내일 밤에 아무 일도 일어나지 않는다면 자네는 더 이상 헨리 지킬을 볼 수 없을 걸세.

이 편지를 읽으면서 이 친구가 미쳤다는 확신이 들었네. 하지만 의심이 확신으로 입증될 때까지는 그의 부탁을 들어줄 수밖에 없다고 생각했지. 이런 뒤죽박죽 부탁이 잘 이해되지 않는 만큼, 나는 이것이 중요한지 아닌지 판단할 수도 없었다네. 그리고 그런 간청을 무시했다가는 무슨 책임을 져야 할지도 몰랐어. 그래서 나는 바로 자리에서 일어나 이륜마차를 타고 지킬의 집으로 갔네.

집사가 나를 기다리고 있었지. 그는 나와 마찬가지로 지시가 적힌 등기 우편물을 받고, 열쇠공과 목수를 부르러 사람을 보낸 상태였어. 그와 내가 이야기를 나누는 동안 그들이 도착했네. 우리는 예전에 덴만 박사가 쓰던 수술실로 함께 들어갔네. (자네도 알다시피) 거기는 지킬의 골방에 들어가기에 가장 편한 곳이지. 골방문은 아주 튼튼했고 자물쇠도 아주 품질이 좋았어. 목수가 문을 억지로 열려고 하면 힘도 많이 들고 문이 크게 망가질 수밖에 없다고 했네. 열쇠공도 거의 포기할 뻔했지. 하지만 기술이 아주 좋았던지 두 시간에 걸친 작업 끝에 드디어 문을 열었네. 문자 E가 표시된 책장은 잠겨 있지 않았어. 나는 서랍을 꺼내서 안에 밀짚을 채우고, 침대 시트로 싸고 묶어서 캐번디시 광장의 집으로 갖고 왔네.

그리고 서랍의 내용물을 조사했지. 가루약들이 깔끔하게 조제되어 있었지만, 약사의 정교한 솜씨는 아닌 것 같았네. 그러니까 지킬이 조제한 것이 분명했어. 한 봉지를 풀어 보니, 안에는 그냥 흰색 소금 결정처럼 보이는 것이 있었네. 그다음으로 약병이 눈에 들어오더군. 핏빛 액체가 절반 정도 채워져 있었는데, 코를 찌를 듯 강한 냄새로 보아 인과 휘발성 에테르가 함유된 것 같았네. 다른 성분에 대해서는 추측도 할 수 없었지. 장부는 평범한 형태였는데, 날짜만 죽 적혔을 뿐 다른 내용은 거의 기재되어 있지 않았네. 날짜 기록은 몇 년에 걸쳐 이루어졌지만, 그마저도 거의 일 년 전부터는 기록되지 않았어. 여기저기에 날짜 옆에 간단한 코멘트가 있었는데, 대개는 한 단어였다네. 많은 코멘트 중에서 '두 배'가 여섯 개쯤 있었고, 목록의 아주 앞부분에는 '완전 실패!!!'라고 여러 개의 느낌표가 붙은 코멘트도 하나 있었지. 이런 것들을 보며 호기심이 생겼지만 무엇에 대한 것인지는 감도 오지 않았어. 여기에는 소금이 담긴 약병과 (지킬의 많은 연구가 그렇듯이) 실용성이 입증된 실험 기록들도 많이 있더군. 보고 있자니 여러 가지 궁금증이 생겼네. 이런 물건들을 내 집에 갖고 온 것이 엉뚱한 친구의 인생이나 명예, 지성에 어떤 영향을 줄 수 있을까? 그의 심부름꾼이 내 집에 올 수 있다면 왜 지킬의 집에는 가지 못할까? 어떤 장애가 있다고 해도 왜 그 신사를 몰래 맞이해야 하는가? 곱씹어 생각할수록 지킬의 정신에 문제가 있다는 확신이 더욱 굳어졌다네. 하인들을 침실로 보내면서도 만일의 경우를 대비해 낡은 연발 권총에 탄환을 쟀다네.

런던 전역에 열두 시를 알리는 시계가 울리자마자 문고리로 문을 두드리는 소리가 아주 작게 들렸네. 문을 열었더니 작은 남자가 현관 기둥 옆에 웅크리고 있더군.

"지킬 박사가 보냈소?" 내가 물었지.

그는 부자연스러운 몸짓을 하며 "네"라고 대답했어. 그에게 들어오라고 말했지만, 그는 뒤를 돌아 탐색하듯 어두운 광장을 훑어보며 내 말에 따르지 않았네. 멀지 않은 곳에서 등불을 든 경찰관 한 명이 다가오고 있었고, 방문객은 그 모습을 보고 서둘러 들어오더군.

고백하는데, 이런 일들이 다 탐탁지 않았네. 그래서 그를 앞세우고 환한 진료실로 가면서도 여차하면 권총을 잡을 태세를 취했지. 진료실에 들어가서야 그를 또렷하게 볼 수 있었는데, 처음 보는 사람이라는 건 분명했네. 이미 말했듯이 그는 체구가 작았지. 특히 얼굴이 소름 끼쳤고, 눈에 띄게 허약한 체질인데 근육을 많이 움직여서 놀랐네. 그런데 가장 놀라웠던 점은 그가 풍기는 분위기 때문에 기이하게 불안해졌다는 것일세. 오한 초기처럼 몸이 덜덜 떨리고 맥박도 크게 떨어졌다네. 당시에는 그것이 특유의 개인적인 혐오감이라고 생각했고, 그저 그 정도가 심한 것이 의아하기만 했지. 하지만 나중에는 그런 감정이 아주 깊이 내재하는 본성에서 비롯하며, 혐오보다 더 근본적인 원리 때문이라고 생각하게 되었네.

이 사람(집안에 들어온 순간부터 역겨운 호기심을 불러일으켰네)은 우스꽝스러운 옷차림을 하고 있었어. 옷감 자체는 비싸고 차분한 색깔이었지만, 옷 사이즈가 그에게 너무 컸거든. 바지는 품도 크고 길이도 길어서 땅에 닿지 않도록 바짓단을 둘둘 걷어올렸고, 코트 역시 허리 부분이 엉덩이에 있고 칼라는 어깨에 넓게 펼쳐져 있었다네. 하지만 이상하게도, 나는 그 우스꽝스러운 옷차림을 보고도 웃을 수 없었네. 오히려 지금 나와 마주한 인간의 본질 자체에 비정상적이고 상스러운 무언가(집착적이고, 놀랍고, 불쾌감을 일으키는 무언가)가 있었기 때문에, 이런 낯선 이질감이 그에게 잘 어울릴 뿐만 아니라 그의 본질을 강화해 주는 것 같았어. 그래서 나는 그의 본성과 성격도 궁금해지고 그의 출신과 삶, 재산, 지위에 대해서도 호기심이 생겼다네.

이렇게 장광설을 늘어놓기는 했지만, 사실 이런 관찰은 불과 몇 초 만에 이루어졌지. 방문객은 심하게 우울하고 흥분한 상태였네.

"갖고 왔습니까? 갖고 왔냐고요?" 그가 외치는데, 어찌나 성급하게 구는지 내 팔을 잡고 흔들려고 하더군.

그의 손길에 피가 얼어붙는 듯한 고통이 느껴져 그를 밀어냈다네. "자, 아직 서로 소개도 하지 않았잖아요. 여기 앉으세요." 내가 말하며 먼저 인사를 건넸네. 평소 내가 앉는 의자에 앉아 환자를 대할 때처럼 정중하게 대했지만, 시간도 늦었고 방문객에게 가졌던 선입견과 혐오감이 떠올라 심히 괴로웠어.

"죄송합니다, 래니언 박사님. 당연한 말씀입니다. 마음이 급해서 무례했습니다. 저는 박사님의 동료이신 헨리 지킬 박사님의 부탁을 받고 중요한 업무차 찾아왔습니다. 제가 알기로는…." 그는 잠시 말을 멈추고 손을 목으로 가져가더군. 침착한 태도였지만 히스테리가 이는 걸 참느라 애쓰는 모습이었지. "제가 알기로는, 서랍…."

이쯤 되자 나는 불안해하는 방문객과 커져 가는 나의 호기심까지 불쌍히 여기게 되었다네.

"저기 있소." 나는 테이블 뒤, 여전히 시트도 풀지 않고 바닥에 놓은 서랍을 가리켰네.

그가 벌떡 일어나 서랍을 향해 달려가다가 잠시 멈추고 손을 가슴에 얹더군. 그의 아래턱에 경련이 일더니 이 가는 소리가 들렸어. 그의 얼굴이 너무 핼쑥해 보여서 그의 목숨과 지각 능력이 괜찮은지 걱정스러울 정도였어.

"진정하세요." 내가 말하자, 그는 나를 향해 무시무시한 미소를 짓고는 자포자기한 듯 시트를 걷어냈네. 그리고 그 안의 내용물을 보고 너무 안도한 나머지 큰 소리로 흐느껴 울었고 나는 놀라서 꼼짝하지 않고 앉아 있었네. 그리고 다음 순간, 상당히 절제된 목소리로 그가 묻더군. "계량컵 있습니까?"

나는 약간 힘들게 일어나서 그가 요청한 것을 갖다주었네.

그는 미소와 함께 고개를 끄덕여서 감사를 표시한 뒤, 붉은색 팅크제(에탄올 또는 희석한 에탄올에 생약을 넣어 성분을 침출시킨 액체 - 역주) 소량을 가루 중 하나와 섞었다네. 그 혼합물은 처음에는 붉은색을 띠었다가 결정이 녹으면서 색이 밝아지더니 부글부글 거품이 일었고 독한 증기를 뿜기 시작했다네. 그리고 갑자기 끓어오름이 멈춤과 동시에 혼합물은 짙은 보라색으로 바뀐 뒤 다시 천천히 흐려졌다가 연한 녹색이 되었다네. 이런 변화 과정을 예리한 눈으로 지켜본 방문객은 미소를 지으며 글라스를 테이블에 내려놓은 뒤, 몸을 돌려 나를 뚫어져라 보더군.

"이제 마무리 작업을 해야 하는데요, 현명하게 행동하시겠습니까, 욕심에 따르시겠습니까? 전자를 택하시면 자세한 설명 없이 제가 이 계량컵을 갖고 가도 괜찮으신 거죠? 아니면 끝까지 보시고 호기심을 풀고 싶으신가요? 잘 생각하고 대답하세요. 어떤 결정을 하든 뜻대로 해드리죠. 현명한 결정을 한다면 더 부자가 된다거나 지혜로워지는 일 없이 예전 그대로 생활하실 수 있습니다. 아, 죽을 수밖에 없는 고통을 안고 있는 사람을 도와주었다고 생각하면 영혼이 더 부유해질 수는 있겠죠. 하지만 새로운 분야의 지식과 명예와 권력을 얻고자 한다면 지금 이 방에서 바로 그 길이 펼쳐질 것입니다. 그리고 사탄의 불신도 뒤흔들 놀라운 일이 태풍처럼 일어날 겁니다."

"이보시오." 나는 속마음과 달리 태연하게 말했네. "지금 수수께끼처럼 이해할 수 없는 말을 하시는데, 당신의 말이 별로 미덥지 않다는 거 아시죠? 하지만 이해하지도 못하면서 당신을 도와준 것이 이미 너무 많으니, 중간에 멈출 수는 없죠. 끝까지 갈 수밖에요."

"좋습니다. 래니언, 맹세를 잊지 마세요. 이제 일어날 일은 직업상 지켜야 할 비밀입니다. 당신은 아주 오랫동안 가장 편협하고 세속적인 견해에 얽매여 있으면서 초자연적인 의학의 진가를 부정해 왔죠. 그리고 자기보다 우월한 사람들을 조롱해 왔고요. 자, 이제 잘 보시죠!"

그는 글라스를 입술로 가져가더니 한입에 꿀꺽 마셨네. 그리고 비명이 뒤따랐어. 그는 휘청대며 비틀거리다가 테이블을 부여잡고, 충혈된 눈을 치켜뜨고 입을 벌리고 숨을 헐떡거렸네. 그리고 내 앞에서 변신하기 시작했어. 우선 몸이 팽창한 것 같았고, 얼굴이 갑자기 검게 변하고, 이목구비가 녹아내리며 변하는 것 같았네. 나는 깜짝 놀라 뒤로 펄쩍 물러나 벽 쪽으로 갔네. 그리고 그 놀라운 일로부터 나 자신을 보호하기 위해 팔을 들었지. 너무 무서워서 정신이 하나도 없었네.

"오, 하나님! 오, 맙소사!" 나는 연신 비명을 질렀지. 내 눈앞에는 창백한 얼굴로 몸을 벌벌 떨면서 반쯤은 실신 상태로 앞을 더듬거리는 헨리 지킬이 서 있었네. 마치 죽음에서 되살아난 사람처럼 보였어.

그 후에 그가 해 준 이야기들을 기록으로 남길 마음은 없네. 분명히 두 눈으로 보고, 두 귀로 들은 결과 영혼에 병까지 들었네. 하지만 그 광경에 대한 기억이 흐릿해진 지금, 스스로에게 그것을 믿느냐고 물어봐도 그렇다는 대답은 못 하겠네. 그 사건 때문에 내 삶은 뿌리까지 흔들렸네. 잠을 잘 수 없고, 밤낮없이 온종일 죽을 것 같은 공포에 시달렸다네. 나는 앞으로 살날이 얼마 안 남았네. 분명 죽을 거야. 그러나 의심을 품고 죽겠지. 아무리 후회의 눈물을 흘려도, 그자가 내 앞에서 드러낸 배덕한 행위에 대하여 곰 곰이 생각하다 보면 그 기억만으로도 공포에 휩싸이기 시작한다네. 마지막으로 어터슨 자네에게 딱 한 마디만 하겠네. 내 말을 믿을 마음이 있다면 그 한마디로도 충분할 거야. 지킬의 자백에 따르면, 그 밤 내 집에 기어들어 온 자는 하이드라는 이름으로 알려져 있고, 커루 경의 살해범으로 전국에 수배된 자일세.

헤이스티 래니언

10장

헨리 지킬의 진술

나는 18○○년, 부유한 집안에서 훌륭한 신체 조건을 갖고 태어났다. 선천적으로 근면한 편이었고, 주변의 현명하고 선량한 사람을 존경했다. 그래서 사람들의 예상대로 명예롭고 훌륭한 미래를 보장받았다. 사실 나의 가장 큰 결점은 차분히 있지 못하는 쾌활한 성격이었다. 이런 내 성격이 많은 사람의 호감을 사기는 했지만, 사람들 앞에서 아주 근엄한 표정을 짓고 다른 사람에게 머리를 숙이고 싶지 않은 내 욕망을 충족시키는 데는 도움이 되지 않았다. 그래서 내 즐거움을 숨기게 되었고, 스스로를 반성할 수 있는 나이가 되었을 때는 주위를 돌아보고 나의 성취도와 위치가 어느 수준인지를 평가하기 시작했다. 그렇게 나는 이중적인 삶을 살기 시작했다. 비정상적인 행위들을 저지른 경우, 다른 사람들이라면 떠벌리고 다녔겠으나 나는 나의 높은 기준선에 미치지 못하면 거의 병적으로 수치스러워하면서 숨겼다. 그러니까 지금의 내가 된 것은 나의 부끄러운 결점이 아닌 까다로운 열망 덕분이었다. 사람으로서 갖고 있는 이중적인 본성과 선악을 다른 사람들보다 더 철저하게 분리한 것도 그 때문이었다. 그래서 어쩔 수 없이 가혹한 인생의 법칙을 깊고 집요하게 성찰하게 되었다. 그 법칙이 종교의 근간이고 고통을 일으키는 가장 큰 원인이기 때문이다. 나는 철저한 이중 생활자긴 하지만, 결코 위선자는 아니었다. 나의 이중적인 모습은 모두 나의 본성이었다. 지식을 쌓고 타인의 슬픔과 고통을 덜어주는 일에 힘쓸 때의 나는 물론이요, 스스로를 절제하지 못해 수치심에 잠겨 있을 때의 나도 나의 본모습이다. 그리고 신비주의와 초월주의를 향해 극단으로 치닫던 나의 연구가 우연히 결과를 내면서 나의 두 자아 사이에서 지속되던 불화가 해결될 기미가 보였다. 하루하루 지날수록 나는 지성의 양면, 즉 도덕과 지식 면에서 진리를 향해 꾸준히 나아갔지만, 그 과정에서 이루어진 불완전한 발견으로 인해 나는 아주 처참한 실패를 하게 되었다. 그 진리는 사람의 본성이 하나가 아니라 둘이라는 것이다. 내가 둘이라고 말하는 이유는 나의 지식수준으로는 그 이상까지 가지 못하기 때문이다. 나와 견해가 같은 연구자들 중에는 나보다 못한 이도 있을 것이고 나를 능가하는 이도 있을 것이다. 그래서 나는 사람이란 다면적이고 모순적이며 독립적인 자아들이 모여서 이루어진 집합체일 뿐이라고 조심스레 추측해 본다.

　내 인생은 내 본성에 따라 한 방향으로, 오직 한 방향으로만 전진했다. 나는 도덕적인 면과 내 본성 안에서 철저하고 본원적인 이중성을 인식하게 되었다. 내 의식의 장에서 두 본성이 경쟁하는 가운데, 내가 둘 중 하나만 인정해도 괜찮다면 그것은 결국 두 본성 모두 근본적으로 나 자신임을 알았기 때문이다. 그리고 일찍이 과학적 발견으로 그런 대단한 기적의 가능성을 입증하기 전부터, 나는 백일몽을 통해 이 두 본성을 분리해 기분 좋게 살아가는 법을 알게 되었다. 각각의 본성이 분리된 자아에 머물 수 있다면 인생에서 견딜 수 없는 것들을 모두 없앨 수 있으리라고 스스로에게 말했다. 불의한 본성은 쌍을 이루는 정직한 본성의 열망과 양심의 가책에서 해방되어 자신의 길을 갈 수도 있을 것이다. 그리고 정직한 본성은 더 이상 자신과 무관한 사악한 힘으로 인해 치욕을 당하거나 후회하는 일 없이, 가치 있고 좋은 일을 하면서 끝까지 안심하고 상승의 길을 갈 수 있을 것이다. 이렇게 모순적인 본성들이 한데 얽매여 있다는 것은 인간이 감내해야 하는 저주였다. 즉, 번민하는 의식의 자궁 속에서 극단의 이 쌍둥이 본성은 끊임없이 투쟁해야 한다는 뜻이다. 그렇다면 이 둘을 어떻게 분리할까?

앞에서 말했듯이 이런 고민을 깊게 하고 있을 때, 실험대에서 이루어진 우연한 발견으로 희망의 빛이 보이기 시작했다. 옷을 입고 걸어 다니는 아주 확실해 보이는 우리 인체가 실은 아주 불안하게 실체가 없고 안개처럼 일시적이라는 사실을, 지금까지 말했던 것보다 더 깊게 인식하기 시작했다. 그리고 바람이 누각의 커튼을 젖히듯이, 육신의 옷을 뒤흔들어 벗겨낼 힘을 갖고 있는 확실한 화학 약품을 알아냈다. 이 진술서에서는 과학 분야로 깊게 들어가지 않을 계획인데 두 가지 이유 때문이다. 첫째, 사람은 인생의 파멸과 괴로움을 평생 짊어지고 살아가며, 그것을 던져버리려고 시도하면 괴로움은 더 생소해지고 더 심하게 되돌아온다는 사실을 배웠기 때문이다. 둘째, 이 진술서에서 분명하게 드러나듯 내 발견이 불완전하기 때문이다. 당시에 나는 육신이 영혼을 이루는 힘들의 기운과 광채를 발산하는 매개라고 인식했을 뿐만 아니라 이 힘들에게서 지배권을 빼앗고 현재의 육신을 대체하는 또 다른 형상과 용모를 만드는 약물을 조제하는 데 성공했다. 하지만 그 두 번째 형상 역시 내 영혼의 저급한 요소들이 들어가고 그 특징을 담고 있었으므로 나에게는 자연스러운 모습이었다.

이 가설을 실행에 옮기기까지 나는 오랫동안 주저했다. 죽음을 무릅써야 한다는 점을 잘 알았기 때문이다. 인간 정체성의 보루를 그토록 강력하게 통제하고 뒤흔들 약물이라면 투약 시기나 양을 제어하지 못할 경우, 내가 변화시키려고 했던 하찮은 육체 따위는 아예 사라져 버릴지도 몰랐다. 그러나 심오하고 뛰어난 발견에 대한 유혹은 그런 경고도 압도할 만큼 대단했다. 팅크제는 이미 오래전에 준비해 놓았다. 실험을 통해 알아낸 마지막 필수 성분인 특정 소금을 약제 도매상으로부터 대량으로 한꺼번에 구매해 놓았다. 그리고 저주받을 어느 늦은 밤, 나는 모든 성분을 글라스에 넣고 혼합하여 끓이며 연기가 나오는 것을 지켜보았다. 드디어 끓던 것이 멈추었고 나는 크게 용기를 내어 그 물약을 한입에 꿀꺽 마셨다.

극심한 고통이 계속되었다. 뼈가 으스러질 듯 아프고, 진절머리가 날 정도로 메스꺼웠다. 아마 세상에 태어날 때나 죽을 때도 이보다 더 무섭지는 않을 것이다. 그 후에 고통이 빠르게 가라앉기 시작했고, 중병에서 회복된 것처럼 제정신을 차렸다. 감각이 어딘가 이상했다. 말로 표현할 수 없는 새로운 느낌이었는데, 그 느낌이 믿을 수 없을 만큼 좋았다. 육신이 더 젊어지고 가벼워진 것 같았고 더 행복했다. 그 안에서 나는 분별력 없이 무모해졌고, 머릿속에서는 환상처럼 감각적 이미지가 혼란스럽게 휙휙 지나갔다. 의무감에서 해방된, 뭔지 모르지만 순수하지 않은 영혼이 자유롭게 활동하는 게 느껴졌다. 이 새로운 생명의 몸으로 첫 호흡을 하는 순간 내가 열 배는 더 사악해졌고, 내 안에 있던 원래의 사악한 본성에게 노예로 팔렸음을 알았다. 그리고 그런 생각을 한 순간, 와인을 마신 듯이 아주 기분이 좋아졌다. 나는 이런 새로운 감각에 의기양양해져서 양손을 쭉 뻗어 보았다. 그러자 내 키가 줄어들었다는 것을 갑자기 깨달았다.

그때 내 방에는 거울이 없었다. 이 글을 쓰는 지금 내 옆에 있는 거울은 이런 변형을 관찰할 목적으로 나중에 가져다 놓은 것이다. 하지만 그 밤도 지나고 새벽이 되고 있었다. 아직 컴컴했지만 조금 있으면 날이 밝을 것이다. 집안의 다른 사람들은 모두 곤하게 깊이 잠들어 있을 시간이었다. 나는 희망과 승리에 기분이 좋아져서 새로운 모습으로 내 침실까지 가는 모험을 해 보기로 마음먹었다. 마당을 가로지르는 나를 별들이 내려다보고 있었다. 잠들지 않고 불침번을 서던 별들은 처음 보는 종류의 생명체가 등장하여 놀라지 않았을까. 나는 내 집인데도 처음 온 사람처럼 주위를 살피며 복도를 몰래 지나갔다. 그리고 내 침실에 와서 처음으로 에드워드 하이드의 모습을 보았다.

이제 내가 하는 이야기는 직접 확인한 내용이 아니라 가장 개연성 있다고 생각되는 가설에 불과하다. 내 자아 중 악한 본성은 방금 물러나게 한 선한 본성만큼 강하지 않고 발달하지도 않았다. 다시 말하지만 아무튼 노력과 미덕, 자제의 삶이 9할이었던 내 인생에서 그것은 훨씬 적게 발동했고 그만큼 덜 소지되었다. 그래서 에드워드 하이드가 헨리 지킬보다 훨씬 작고, 호리호리하며, 젊은 것 같다는 생각이 든다. 이쪽 얼굴에서는 선함이 비치는 순간에, 다른 쪽 얼굴에는 사악함이 뚜렷하게 드러났다. 게다가 (내가 여전히 인간의 치명적인 면이 분명하다고 믿는) 악은 육신에 기형과 부패의 흔적을 남겼다. 그러나 나는 거울 속의 추악한 대상을 보면서 반감은 전혀 없었고 오히려 반가운 느낌마저 들었다. 이 모습 역시 나였다. 자연스럽고 인간적으로 보였다. 내 눈에는 지금까지 내 모습이라고 하던 불완전하고 분열된 모습보다 더 생기 있게 보였고, 더 명확하고 한결같아 보였다. 지금까지는 확실히 내가 옳았다. 내가 에드워드 하이드의 모습일 때는 누구든 내 옆에 올라치면 불안한 기미를 보인다는 것을 알아챘다. 우리가 보는 모든 인간은 선과 악이 혼재하여 보이는데, 유일하게 에드워드 하이드에게서만은 순전히 악만 보였기 때문이다.

나는 거울 앞에서 잠시 망설였다. 결정적인 두 번째 실험을 아직 시도하지 않았기 때문에, 아직은 정체성을 회복 불가능할 정도로 잃은 것처럼 보이는 상태였으므로 날이 밝기 전에 더 이상 내 집이 아닌 집에서 몸을 피해야 했다. 그래서 서둘러 골방으로 돌아갔고, 한 번 더 약물을 조제하여 마셨다. 그리고 또다시 죽을 것 같은 고통을 겪은 뒤 나 자신, 헨리 지킬의 성격과 체구, 얼굴로 돌아왔다.

그날 밤 나는 돌이킬 수 없는 갈림길에 섰다. 내가 내 발견을 보다 고상한 마음으로 여겼다면, 아니 관대하고 훌륭한 뜻에 따라 위험을 무릅쓰고 그 실험을 했다면 모든 것이 달라졌을 것이다.

그랬다면 이렇게 죽을 듯한 고통으로부터 마귀가 아닌 천사 같은 사람이 나왔을 것이다. 약물의 작용 자체는 다르지 않았다. 악마적이지도 않았고 천사 같지도 않았다. 다만 내 기질을 가둔 문을 뒤흔들었을 뿐이다. 그리고 빌립보의 감옥에 갇힌 죄수들(바울과 실라가 빌립보의 옥에 갇혀 있던 중 지진이 일어나 옥문이 열렸다는 신약성경의 내용 - 역주)처럼 문이 열리자 갇혀 있던 기질이 뛰쳐나온 것이다. 그때 내 미덕은 잠들어 있었고, 야망에 의해 계속 깨어 있던 내 악은 방심하지 않고 있다가 놓치지 않고 기회를 포착했다. 그 악의 투사체가 바로 에드워드 하이드였다. 그러므로 지금 내 인격과 모습은 두 개씩이었다. 하나는 온전한 악이고 다른 하나는 예전의 헨리 지킬 그대로였다. 일치하지 않는 둘의 관계 개선에 대해서는 이미 절망했다. 그런 까닭에 상황은 전적으로 악화했다.

당시에도 나는 재미없는 연구 생활에 대한 반감을 이겨내지 못하고, 이따금 여전히 유쾌하게 행동하고 싶은 기분이 들었다. 내가 좋아하는 일들은 (전혀 과장 없이) 채신머리없는 것이었지만, 나는 나이를 먹을수록 유명해지고 크게 존경을 받게 되었다. 그리고 이렇게 앞뒤가 다른 내 인생이 점점 언짢아졌다. 이런 이유로 새로 갖게 된 내 힘에 굴복하여 그 노예가 되었다. 컵에 든 약물을 마시고 바로 저명한 교수의 몸을 벗어버린 뒤 두꺼운 망토를 두르듯 에드워드 하이드의 몸을 입으면 된다고 생각했다. 그 생각을 하면 절로 미소가 지어졌다. 그때에는 재미있게 여겨졌다. 그래서 정말 신중하고 꼼꼼하게 준비했다. 경찰이 하이드를 추적하여 찾아갔던 그 집, 소호에 집을 장만하고 가구도 들여놓았다. 그리고 아는 사람 중에 조용하지만 파렴치한 여자를 하녀로 고용했다. 한편 광상에 있는 내 집의 하인들에게는 (용모를 설명해 주고) 하이드 씨라는 사람은 내 집에서 무슨 일을 해도 괜찮다고 알렸다. 나의 두 번째 자아가 저지르는 자잘한 사고들을 수습하고, 나도 두 번째 자아에 친숙해지기 위해서였다. 그다음에는 어터슨이 심하게 반대한 유언장을 작성했다. 그래서 지킬 박사인 나의 신상에 무슨 일이 생기면, 에드워드 하이드인 내가 금전적 손해를 보지 않고 재산을 상속받을 수 있게 했다. 그리고 그렇게 모든 면에서 입지가 다져졌다고 생각되자, 나는 내 지위로 인한 책임에서 면제되는 이 기묘한 상황을 이용하기 시작했다.

예전 사람들은 범행을 저지르기 위해 자객을 고용해서 자신의 인격과 명성을 안전하게 지켰다. 나는 최초로 쾌감을 위해 범행을 저지른 사람이 되었다. 사람들 앞에서는 점잖게 체면을 차리다가도 곧바로 장난꾸러기 학생처럼 옷들을 벗어던지고 자유의 바다에 뛰어들 수 있는 최초의 사람이었다. 하지만 내 경우에는 겉껍데기가 아주 튼튼해서 완전히 안전한 상태였다. 생각해 보라. 나는 아예 존재하지도 않았다. 실험실로 달아나, 항상 준비해 놓은 물약을 섞어 마시는 데는 1~2초면 충분했다. 그리고 무슨 일을 하든지 에드워드 하이드는 거울에 어린 숨결처럼 금방 사라질 것이다. 한밤중의 서재에는 하이드 대신에 조용히 램프 불빛을 조정하는 유명 인사가 있을 것이다. 그는 어떤 혐의를 받아도 웃어넘길 수 있는 헨리 지킬이다.

앞에서도 말했듯이 내가 변신하기 전의 몸으로 추구하는 쾌감은 채신머리없는 것들이었다(더 험한 표현은 하지 않겠다). 하지만 에드워드 하이드가 되면 그것들은 이내 극악무도한 것들로 변하기 시작했다. 변신했다가 원래 모습으로 돌아오고 나면, 내가 저지른 대리 악행을 보며 경이로움을 느끼기까지 했다. 나의 기쁨을 위해 내 영혼으로부터 소환하여 홀로 내보내는 이 친숙한 영혼은 선천적으로 사악하고 비열한 존재였다. 그는 만사를 자기중심적으로 생각하고 행동했으며, 남을 괴롭히는 일이라면 크든 작든 가리지 않고 즐거워했고, 목석처럼 잔인무도했다. 헨리 지킬은 때때로 에드워드 하이드의 행동 앞에서 기막혀했다. 하지만 상황 자체가 보통의 법률에서 벗어나 있었기 때문에 교묘하게 양심의 가책은 받지 않았다. 어쨌든 죄를 범한 사람은 하이드 혼자였기 때문이다. 지킬은 타락하지 않았다. 외관상 자신의 선한 본성은 손상되지 않는다는 것을 다시 깨달았다. 가능하면 하이드가 저지른 악행을 서둘러 수습하기까지 했다. 그런 식으로 그의 양심은 눈을 감고 잠들어 버렸다. 내가 눈감아 준 파렴치한 행위들을 자세히 이야기할 생각은 없다(지금도 그런 일을 저질렀다는 걸 좀처럼 인정할 수 없기 때문이다). 다만 응징이 다가오고 있다는 조짐과 연이은 경과들을 지적하려고 한다. 한 번은 사고를 쳤지만 크게 문제가 되지 않았기 때문에 언급만 하고 넘어가겠다. 길에서 어린아이 한 명에게 가혹한 행위를 하는 바람에 지나가던 행인이 분노한 일이다. 그 사람이 어터슨의 친척임은 얼마 전에서야 알게 되었다. 현장에서 그 사람과 의사, 아이의 부모가 모였고, 나는 그 순간 목숨을 잃을까 두려웠다. 결국 에드워드 하이드는 당연히 화를 내는 그들을 진정시켜야 했다. 그래서 그들을 데리고 그 문으로 가서 헨리 지킬의 이름으로 발행한 수표를 주었다. 또한 장차 이런 일이 생길 위험에 대비해 다른 은행에 에드워드 하이드의 이름으로 계좌를 열어 두었기 때문에 걱정할 필요가 없었다. 그리고 내 서명을 뒤집어 기울여서 또 다른 서명도 준비해 두었으므로 운명의 손이 나에게 미치지 못하리라고 생각했다.

댄버스 경 살해 사건이 발생하기 약 두 달 전, 나는 모험을 즐기러 외출했다가 늦은 밤에 돌아왔다. 다음 날 아침, 침대에서 깼는데 기분이 좀 이상했다. 주위를 둘러보았지만 이유는 알지 못했다. 고급 가구들과 높은 천장, 침대 커튼의 패턴이나 마호가니로 된 침대 프레임을 보면 광장에 있는 집의 내 침실이 분명한데 여전히 이상했다. 깨어난 곳이 내 침실이 아니고, 내가 있어야 할 곳이 아니라 소호에 있는 에드워드 하이드의 몸으로 잤던 작은 방에서 깨어난 것 같은 느낌이 계속 들었다. 혼자 미소 지으며 머릿속에서 느릿하게 이 환상 속의 요소들을 검토하기 시작했는데, 중간중간 다시 기분 좋은 아침잠에 빠지기도 했다. 정신이 좀 더 또렷할 때 검토를 이어 나가던 중 문득 내 손에 눈길이 갔다. (어터슨이 자주 언급했듯이) 헨리 지킬의 손은 모양과 크기 면에서 의사라는 직업에 잘 어울렸다. 크고, 단단하며, 하얗고 잘생긴 손이었다. 그러나 아침나절 런던의 누런 햇빛에 보이는 이 손은 침구에 반쯤 가려져 있는데, 여위고, 힘줄도 있고, 마디가 툭툭 불거져 있으며, 파리하지만 거무스레한 털로 뒤덮여 있었다. 영락없이 에드워드 하이드의 손이었다.

놀라서 그냥 멍하니 잠깐 손을 바라본 것 같다. 그러다가 심벌즈가 쾅 울린 것처럼 갑자기 공포심이 일어 침대에서 벌떡 일어나 거울 앞으로 달려갔다. 거울 속의 나와 마주친 순간 혈관의 피가 얼어붙은 것 같았다. 그렇다. 나는 헨리 지킬을 잠재우고, 에드워드 하이드를 깨웠다. 이것을 어떻게 설명할 것인가? 나 자신에게 물어보았다. 그리고 또 다른 공포감이 밀려왔다. 어떻게 처리하지? 아침이 된 지 한참 되어 하인들이 일어나 일하고 있는데 내 약들은 모두 골방에 있다. 계단을 두 층이나 내려가서 뒤 통로를 지나고 트인 마당을 건너 수술실을 통과해야 하는 먼 길이었다. 나는 공포에 질려 서 있었다. 사실 얼굴은 가릴 수 있어도, 키의 변화는 감출 수도 없는데 그것이 무슨 소용이 있을까? 그때 내 두 번째 자아가 집안을 오가는 것에 하인들이 이미 익숙해졌다는 사실이 떠올라 크게 안도했다. 나는 가능한 한 내 몸에 맞는 옷을 입고 집 안을 통과하는데, 브래드쇼가 그 시간에 그렇게 이상하게 차려입은 하이드 씨를 빤히 보다가 뒤로 물러섰다. 10분 후 원래 모습으로 돌아온 지킬 박사는 미간을 찌푸린 채 앉아 아침 식사를 하는 척했다.

정말이지 입맛이 별로 없었다. 설명할 길 없는 이 사건, 이전의 경험을 완전히 뒤엎는 이 사건은 바빌로니아의 벽에 글씨를 쓴 손가락(구약성경 다니엘 5장에 나오는 바빌로니아 벨사살 왕의 이야기로, 연회 중에 사람의 손가락이 나타나 벽에 벨사살 왕의 몰락을 예언하는 글을 썼다고 한다 - 역주)처럼 나에 대한 판결문을 쓰는 것 같았다. 그래서 나의 이중인격 존재의 문제와 가능성에 대하여 그 어느 때보다 진지하게 생각하기 시작했다. 내가 투영해 낸 나의 사악한 부분은 최근 잘 먹고 운동도 많이 했다. 그래서인지 에드워드 하이드의 몸이 커진 것 같고, (내가 그 몸이 되었을 때) 혈액 순환도 더 잘 된다는 느낌이었다. 이런 변화가 너무 오래 지속되면 내 본성의 균형이 영원히 깨지고 자발적인 변신의 힘이 사라져서, 에드워드 하이드의 인격에서 원래의 내 인격으로 돌아오지 못하게 될지도 모른다는 위험을 감지할 수 있었다. 약물의 효력이 늘 똑같이 발현되지는 않았다. 아주 초기에 한번은 완전히 실패했다. 그 이후로 복용량을 두 배씩 여러 번 늘려야 했고, 한 번은 죽음의 위험을 무릅쓰고 세 배까지 늘렸다. 이런 불확실한 결과가 드물게 있다는 것만 걱정일 뿐 모든 게 만족스러웠다. 하지만 지금 그날 아침의 사고를 생각하니, 처음에는 지킬의 몸을 벗는 것이 어려웠는데 나중에는 점점 확실히 하이드로 바뀌는 것이 편해졌다는 사실을 깨닫게 되었다. 그런 까닭에 모든 일은 내가 본래의 선한 자아를 서서히 잃고 두 번째 악한 자아와 통합되고 있다는 사실을 가리키고 있었다.

이제는 둘 중 하나를 선택해야 한다고 생각했다. 내 안의 두 본성은 기억을 공유하지만, 다른 모든 기능은 서로 다르게 보유했다. 복합적인 지킬은 아주 예민하게 불안해하다가도 탐욕스럽게 즐기면서 하이드의 즐거움과 모험을 투사하고 공유했다. 하지만 하이드는 지킬을 하찮게 여겼고 산적들의 추격을 피해 몸을 숨기는 동굴 정도로 여겼다. 지킬은 아버지 이상으로 하이드에게 신경을 썼지만, 하이드는 무관심한 아들 이상으로 냉담했다. 지킬과 운명을 같이 한다면 하이드는 오랫동안 숨어서 몰래 충족하던, 최근에야 마음껏 탐닉하기 시작한 욕구들을 포기해야 했다. 한편 하이드와 함께한다면, 지킬은 수많은 이익과 열망을 포기해야 하고 일거에 영원히 사람들의 멸시를 받고 친구 하나 없게 될 것이다. 거래 조건이 불공평해 보일지도 모른다. 하지만 고려해야 할 점이 또 있었다. 지킬은 금욕하느라 쓰라린 고통을 겪겠지만, 하이드는 자신이 잃은 것을 전혀 의식하지 못할 것이기 때문이다. 내가 처한 상황이 기이하긴 했으나 이런 논쟁은 인간의 역사만큼이나 오래되고 일반적인 것이었다. 유혹을 받아 흔들리는 죄인 앞에는 지금 내가 처한 상황과 같은 유인책과 경고의 주사위가 던져진다. 결국 대부분의 사람처럼 나 역시 선한 쪽을 선택했지만 그 상태를 유지할 힘이 부족하다는 것을 깨달았다.

그렇다. 나는 주변에 친구들이 있고, 진실한 희망을 소중히 여기며, 나이 많고 툴툴거리기도 하는 의사로 사는 게 더 좋았다. 그래서 하이드의 겉모습으로 즐겼던 자유, 젊음, 가벼운 걸음걸이, 생동감 있는 충동, 몰래 즐기던 쾌락을 단호하게 끊었다. 이 선택을 내릴 때 아마 무의식적으로 유보 조항을 붙인 것 같다. 왜냐하면 소호에 있는 집을 처분하지 않았고, 골방에 준비해 둔 에드워드 하이드의 옷도 버리지 않고 그대로 두었기 때문이다. 두 달은 그 결심을 잘 지켰다. 그 어느 때보다도 엄격하게 생활했고 양심적으로도 부끄럽지 않았다. 하지만 시간이 지나면서 처음의 불안함이 무뎌지기 시작했고, 양심의 칭찬도 당연한 일이 되었다. 자유를 찾아 허우적대는 하이드의 격통과 갈망 때문에 괴로워졌다. 그리고 끝끝내 도덕적으로 약해진 때에 또다시 변신 약물을 조제하여 마셨다. 술주정뱅이들이 자기 술버릇을 이야기할 때 신체 감각이 무뎌지고 정신이 없어서 위험해지는 경우는 오백 번 중에 한 번에 불과하다고 변명하지만, 나는 그런 변명은 하지 않겠다. 그러나 내가 처한 처지를 고려했음에도 하이드의 주요 성격인 도덕성에 대한 철저한 무감각과 악행을 저지르려는 잔인무도한 준비성까지는 충분히 생각하지 못했다. 바로 이런 것들 때문에 나는 응

싱을 받았다. 내 안의 악마가 오랫동안 우리에 갇혀 있다가 포효하며 뛰쳐나왔다. 조제한 약물을 마시면서도 악한 성향이 더 광포해지고 더 걷잡을 수 없게 되었음을 의식했다. 나에게 희생된 불운한 댄버스 경의 정중한 말을 들으면서 화가 치솟아 성마르게 소란을 일으킨 것도 분명 이 때문이었으리라. 하나님 앞에서 단언하건대, 도덕적으로 건전한 사람이라면 그런 별거 아닌 자극에 그렇게 끔찍한 범죄를 저지르지는 못했을 것이다. 나는 장난감을 망가뜨릴 수 있는 아픈 아이만큼이나 무분별한 정신 상태에서 사고를 쳤다. 최악의 악인이라도 유혹 속에서 어느 정도는 흔들리지 않는 본능적인 균형 감각을 갖고 있는데, 나는 그런 것까지 모두 자발적으로 없앴다. 그래서 아주 약한 유혹에도 그냥 넘어갔다.

당장에 내 안에 있던 지옥의 악령이 깨어나서 사납게 날뛰었다. 나는 아주 들뜨고 도취한 상태가 되어 저항하지 못하는 상대의 몸을 마구 공격하면서 때릴 때마다 기쁨을 맛보았다. 그 후 피곤한 느낌이 들었고, 정신 착란이 최고조에 달한 상태에서 갑자기 차갑고 오싹한 공포를 느껴 심장이 떨렸다. 안개가 흩어지면서 내가 목숨을 잃을 수도 있다는 것을 깨달았다. 그래서 불안함과 우쭐함을 동시에 느끼며 그 잔학무도한 현장에서 달아났다. 사악한 갈망을 채웠을 뿐만 아니라 그에 대한 자극도 받았으며, 삶에 대한 애정은 최고 수준까지 치솟았다. 나는 소호에 있는 집으로 달려가서 (빈틈을 없애기 위해) 서류들을 파기했다. 그리고 희열에 차서 가로등이 켜진 거리로 나왔다. 내가 저지른 범죄를 생각하며 흡족하기도 했고 다음 범죄를 궁리하며 들뜨기도 했다. 하지만 여전히 보복을 위해 뒤쫓는 사람이 있을까 봐 서둘러 걸으며 작은 소리에도 귀를 기울였다. 물약을 조제하며 노래를 흥얼거린 하이드는 죽은 사람을 위한 축배를 들고는 약을 마셔버렸다. 그리고 죽을 듯한 변신의 고통에 몸부림친 뒤 헨리 지킬이 되어 감사와 후회의 눈물을 흘리며 무릎을 꿇고 신 앞에 두 손을 모아 들어 올렸다. 머리에서 발끝까지 뒤덮은 방탕의 포장을 쥐어뜯을 때, 지금까지 살아온 삶이 모두 보였다. 아버지의 손을 잡고 걸었던 어린 시절부터 시작하여 고생하며 헌신을 다했던 의사 생활을 거쳐 비현실적으로 느껴지는, 지독히도 끔찍한 그날 저녁까지 전부 보면서 크게 비명을 질렀을지도 모른다. 나를 향해 밀려오는 무시무시한 이미지와 소리들을 잠재워달라고 눈물 흘리며 기도했다. 하지만 그렇게 간구하는 사이에도 나의 추하고 사악한 얼굴이 나의 영혼을 빤히 쳐다보고 있었다. 격한 참회의 감정이 잠잠해지기 시작하자 뒤이어 기쁨이 찾아왔다. 내 행동 문제는 해결되었다. 그때부터 하이드는 힘을 쓸 수 없었다. 내가 원하든 원하지 않든, 이제 나에게는 선한 자아만 있었다. 아, 그 생각을 하니 얼마나 기뻤던가! 겸손하게 다시 본연의 삶으로만 살아가는 것이 정말 좋았고, 수시로 드나들었던 문을 잠그고 그 열쇠를 발로 짓밟을 때의 마음은 정말 진심이었다.

다음 날, 살인 사건의 목격자가 있고, 범인은 하이드가 분명하며, 피해자는 대중의 존경을 받는 귀족이라는 뉴스가 나왔다. 그 사건은 그냥 범죄가 아니라 터무니없는 참사였다. 그 뉴스를 보고 다행이라고 생각했다. 바람직한 충격을 받고 교수대를 두려워하게 되었으니 선한 자아를 지키고 보호할 수 있게 되었다고 말이다. 이제 지킬은 나의 피난처였다. 하이드가 고개를 내미는 순간, 모든 사람이 그를 잡아 죽이려고 할 것이다.

나는 지난날의 잘못을 씻기 위해 앞으로 무엇을 할지 결심했다. 그리고 솔직히 말해서 그 결심은 어느 정도 성과가 있었다. 내가 작년 마지막 몇 개월 동안 고통에서 해방되기 위해 큰 노력을 했다는 것을 어터슨은 잘 안다. 타인을 위해 많은 일을 하면서 조용히, 나로서는 거의 행복한 시간을 보냈다. 사실 이런 인정 넘치고 무해한 생활에 싫증이 난 것은 아니었다. 그보다는 매일 더 철저하게 즐긴 것 같다. 하지만 나는 여전히 이중적 의도를 가진 사람이었다. 처음 참회를 할 때 날카로웠던 서슬이 무뎌지면서, 오랫동안 탐닉하다가 최근 꽁꽁 묶여버린 나의 저열한 면이 자유를 달라며 으르렁대기 시작했다. 하이드를 소생시킬 생각은 꿈에도 하지 않았다. 그런 생각을 한 것만으로도 화를 내며 펄쩍 뛰었다. 하지만 본래의 나는 내 양심을 우습게 보고 한 번 더 유혹했고, 은밀하게 죄를 짓는 보통 사람인 나는 강한 유혹에 굴복하고 말았다.

모든 일에는 끝이 있다. 그릇이 아무리 커도 결국은 가득 찬다. 사악함에 잠깐 무릎 꿇은 것이 결국 내 영혼의 균형을 깨뜨렸다. 그러나 아직도 경계하지는 않았다. 오래전 내가 약물을 발견하기 전으로 돌아간 것처럼 타락은 자연스러워 보였다. 1월의 맑고 청명한 날이었다. 서리가 녹아 땅은 축축했지만, 하늘에는 구름 한 점 없었다. 리젠트 공원 곳곳에서 겨울새들의 지저귀는 소리가 들렸고 기분 좋은 봄의 기운도 느껴졌다. 나는 햇볕을 받으며 벤치에 앉았다. 내 안의 그 짐승 같은 녀석이 기억의 조각들을 널름거렸고, 정신은 약간 멍한 상태에서 다시 참회하겠다고 약속했지만 아직 그 참회를 시작할 마음은 없었다. 결국 나도 다른 사람들과 다를 바 없다고 생각했다. 그리고 나를 다른 사람들과 비교하고, 적극적인 선한 의지를 가진 나와 게으르고 잔인하며 타인을 돌보지 않는 다른 사람들을 비교하면서 미소를 지었다. 그렇게 우쭐한 마음을 갖고 있던 바로 그 순간, 돌연 현기증이 나더니 끔찍하게 메스껍고 죽을 듯이 오싹해졌다. 이내 그런 증상이 사라지고 기절할 것 같더니 어지럼증이 가라앉았고 사고가 바뀐 것을 알아차렸다. 더 대담해지고, 위험을 아랑곳하지 않고, 책임감도 사라졌다. 아래를 내려다보니 입고 있던 옷이 줄어든 내 몸에 볼품없이 걸쳐져 있었다. 무릎 위에 놓인 손은 힘줄이 불거졌고 털이 부숭부숭했다. 또다시 에드워드 하이드가 된 것이다. 조금 전만 해도 모두의 존경과 애정을 받는 부자였고 집에서는 나를 위한 식사가 준비되어 있는데, 지금은 집도 없이 만인의 추격을 받는 사냥감이 되었고 살인범으로 수배되어 교수대에 오를지도 몰랐다.

정신이 없었으나 이성을 완전히 잃지는 않았다. 여러 번의 경험상 두 번째 자아가 되었을 때의 나는 신체 능력이 더 예민해지고 정신은 더 팽팽하게 긴장한다는 것을 알고 있다. 그래서 지킬이 굴복했을 수도 있는 상황에서 하이드는 중요한 일부터 차례대로 처리했다. 내 약물은 골방 장식장 안에 있는데, 어떻게 손에 넣지? (양손으로 관자놀이를 짓누르며) 해결책을 찾아보려고 열심히 고심했다. 실험실 문은 내가 닫았고, 집을 통해 들어가려고 하면 하인들이 나를 교수대에 넘길 텐데. 다른 방법을 써야 한다는 것을 알았기 때문에 래니언을 생각해 냈다. 그 친구에게는 어떻게 연락하고, 어떻게 설득할까? 거리에서 체포당하지 않고 그 친구 앞까지 어떻게 갈 것인가? 그리고 일면식도 없는 사이에 불쾌하게 방문한 내가 유명한 의사인 래니언을 어떻게 설득해서 동료인 지킬 박사의 연구 결과물을 가져올 수 있게 만들 것인가? 이렇게 고심하자니 나의 원래 모습 중 한 부분, 그러니까 여전히 본래 글씨체로 글을 쓸 수 있다는 사실이 생각났다. 일단 불쏘시개에 붙은 불씨처럼 생각이 떠오르자, 앞으로 해야 할 일들이 하나에서 열까지 모두 떠올랐다.

그 후 바로 옷차림을 최대한 정돈하고 지나가던 이륜마차를 부른 뒤, 때마침 기억난 포틀랜드 거리에 있는 한 호텔로 가자고 했다. (옷차림 자체는 우스꽝스러운데, 그 안의 몸은 비참한) 내 겉모습을 보고 마부는 시시덕거렸다. 내가 이를 갈며 불같이 화를 내니 그의 얼굴에서 웃음기가 싹 사라졌다. 마부로서도 다행이고 나로서는 더 다행이었다. 또 한 번 웃었다면 정말로 마부석에서 그를 끌어내렸을 테니 말이다. 호텔에 들어설 때 아주 험악한 얼굴로 주위를 둘러봤고 그 기세에 일하는 직원들이 불안해하며 떠느라 내 앞에서는 눈도 마주치지 못했다. 설설 기며 내 지시에 따라 일인실로 안내하고 필기구를 가져다주었다. 목숨을 잃을 위험에 빠진 하이드가 나한테는 생소한 것이었다. 너무 화가 나서 부들부들 떠는 하이드는 살인 충동에 긴장이 극도에 달했고 다른 사람에게 고통을 주고 싶어 안달복달했다. 하지만 교활한 그는 극기의 의지로 분노를 억누르고, 중요한 편지 두 통을 썼다. 한 통은 래니언에게, 다른 한 통은 풀에게 보냈다. 그리고 발송 사실을 실제로 확인하기 위해 등기로 보내라는 지시도 함께 내렸다. 그 후로 그는 하루 종일 객실의 난롯가에 앉아 손톱을 물어뜯으며 시간을 보냈다. 두려워 떨며 식사도 그곳에서 혼자 했는데, 시중드는 웨이터가 겁을 내는 것이 눈에 보였다. 그리고 밤이 완전히 깊어지자, 마차에 타 구석에 앉고는 런던 거리를 이리저리 돌아다녔다. 여기에서 차마 나라고 할 수 없어서 그라고 지칭한다. 그 지옥의 자식에게는 인간적인 구석이라고는 하나도 없고, 공포와 증오밖에 없었다. 그리고 마침내 마부가 수상쩍게 생각하기 시작하자, 과감하게 마차에서 내렸다. 잘 맞지도 않은 옷을 입고 있어 사람들의 이목을 끌 위험을 무릅쓰고 밤거리를 다니는 사람들 틈에서 걸었다. 이때 그의 내면에는 공포와 증오라는 원초적 흥분이 폭풍우처럼 사납게 휘몰아치고 있었다. 그는 공포에 쫓겨서 빠르게 걸으며 혼잣말을 중얼거렸다. 자정까지 남은 시간을 계산하면서 통행이 뜸한 길로 몰래 다녔다. 한 번은 어떤 여자가 그에게 말을 걸며 성냥갑 같은 것을 내밀었다. 그는 그 여자의 얼굴을 세게 때렸고, 여자는 도망쳤다. 래니언의 집에서 원래의 나로 돌아왔을 때 옛 친구가 공포에 질린 것을 봤으나 내가 그 영향을 좀 받았는지는 잘 모르겠다. 하지만 그전의 몇 시간을 돌이키며 느낀 혐오감에 비하면 큰 바다에 겨우 물 한 방울이 섞인 정도에 불과했다. 나에게 변화가 생겼다. 이제 교수대는 두렵지 않았다. 다만 하이드로 변신하는 공포에 시달렸다. 비몽사몽간에 래니언에게서 비난을 들은 뒤 역시 비몽사몽 상태에서 집으로 돌아와 침대에 누웠다. 그날은 몹시 피곤한 하루였기 때문에 평소 꾸던 악몽도 꾸지 않았을 정도로 절박하고 깊은 잠에 빠져들었다. 다음 날 아침, 잠에서 깨었는데 기운이 없고 몸도 떨렸으나 기분은 상쾌했다. 내 안에서 잠자고 있는 짐승은 여전히 혐오스럽고 두려운 존재였고, 전날의 섬뜩한 위험도 당연히 잊지 않았다. 그러나 나는 다시 집, 내 집에 있었고 약물도 가까이에 있다. 그리고 위험을 모면한 것에 대한 감사의 마음이 어찌나 강렬하게 빛나던지, 그 빛은 희망의 찬란함과 맞먹을 정도였다.

아침 식사를 한 후 기분 좋게 차가운 공기를 마시며 느긋하게 마당을 가로질러 가고 있을 때, 다시 변신을 예고하는 형언할 수 없는 감각에 사로잡혔다. 간신히 피난처인 골방에 들어간 직후에 나는 사납게 날뛰는 흥분한 하이드로 변신했다. 이번에는 본래의 나로 돌아오기 위해 복용량을 두 배로 늘렸다. 그리고 아! 여섯 시간 후 난롯가에 앉아 슬프게 불을 쳐다보고 있을 때 변신의 고통이 재발하여 다시 약물을 복용해야 했다. 결국 그날 이후로 정신적으로 굉장히 노력하고 바로 약물을 복용해야만 지킬의 모습으로 있을 수 있었다. 밤낮을 가리지 않고 전조의 전율에 사로잡혔다. 무엇보다도 잠을 자거나 의자에 앉아 잠시 졸 때도, 깨어보면 늘 하이드가 되어 있었다. 쉬지 않고 임박해 오는 파멸 때문에 긴장하고 스스로를 자책하느라 잠들지 못하는 상황에서(그것만으로도 인간으로서 감당할 수 없는 지경임에도), 내 몸은 열이 들끓고 탈진해서 몸과 마음의 기력이 떨어지고, 또 다른 자아에 대한 공포 외에는 아무것도 생각할 수 없었다. 그러나 잠을 잘 때 또는 약물의 효과가 사라질 때면 변신의 고통이 점점 약해졌고, 거의 변화 과정 없이 하이드로 변신했다. 그리고 그 즉시 공포 이미지가 넘치는 환상에 사로잡히고, 원인도 모르는 증오로 영혼이 들끓고, 몸은 날뛰는 활력 에너지를 견디기 힘든 상태가 되었다. 지킬이 병들어 가는 만큼 하이드의 힘은 세진 것 같았다. 그리고 두 자아를 나누던 증오심이 이제는 지킬과 하이드 모두에게서 확실히 보였다. 지킬에게 그것은 생존본능이었다. 이제 그는 자신과 의식 일부를 공유하면서 죽음까지 동행할 그 생명체의 기형적 인격을 온전히 알게 되었다. 하이드와 운명 공동체라는 관계가 지킬의 가장 큰 고통이었으며, 하이드의 넘치는 활력에도 불구하고 그는 하이드를 사악하기만 한 무생물체라고 생각했다. 구덩이의 진흙이 비명을 지르고 말도 하는 것 같았고, 형체 없는 흙먼지가 몸짓하며 범죄를 저지르고, 죽어서 형체가 없는 것이 생명의 역할을 강탈하다니 충격적인 일이었다. 또 밀려오는 공포가 아내보다도, 눈보다도 가깝게 그를 얽어매고 있었다. 육체에 갇힌 그것이 중얼거리는 소리가 들리고 세상에 나오려고 버둥대는 것이 느껴졌다. 그가 약해질 때, 그리고 잠을 잘 때면 은밀하게 그를 진압하고 삶에서 그를 쫓아냈다. 지킬을 향한 하이드의 증오심은 그것과 수준이 달랐다. 교수대에 대한 두려움 때문에 끊임없이 자살을 시도했고, 그 후에는 한 사람이 아닌 그에 종속된 부분인간으로 돌아갔다. 하지만 그 숙명적 관계를 증오하고, 의기소침해진 지킬을 지긋지긋해하며 자신을 증오하는 지킬을 원망했다. 그래서 못된 장난을 쳐서 내 책에 내 손으로 하나님에 대한 불경스러운 소리를 쓰고, 편지를 태우고, 아버지의 초상화를 없애게 했다. 실제로 그가 죽음을 두려워하지 않았다면 오래전에 자멸해서라도 나를 파멸시켰을 것이다. 그러나 그는 삶에 대한 애정도 컸다. 좀 더 자세히 말하면, 나는 그를 생각하는 것만으로도 몸이 얼어붙고 메스꺼워지지만, 비참하고 격렬하게 삶에 집착하면서 내가 자살로 자기를 없앨 수 있다는 점을 무서워하는 그를 보면 참 딱하다는 마음이 들었다.

지금에 와서 이런 이야기를 길게 늘어놓아봤자 아무 소용 없고 시간도 너무 부족하다. 지금까지 그런 고통을 겪은 사람은 없었다는 정도로만 말하겠다. 하지만 이것도 습관이 되니 마음에 못이 박힌 듯 무감각해지고(고통이 완화된 것은 아니다) 어쩔 수 없이 절망을 받아들이게 되었다. 이런 형벌을 몇 년씩이나 받을 수도 있었지만, 이제 마지막 재앙이 닥쳤고 이로써 나는 원래 겉모습과 본성을 영원히 잃게 되었다. 첫 실험을 한 이후로 소금을 공급받지 못해 소금이 부족해졌다. 그래서 새로 주문하여 공급받아 약물을 조제했다. 약물이 끓어올랐고, 첫 번째 색깔 변화는 있었지만 두 번째 변화는 없었다. 그래서인지 그 약물을 마셔도 효과가 없었다. 내가 그 소금을 얻기 위해 런던을 어떻게 샅샅이 뒤졌는지를, 어터슨은 풀에게서 들었을 것이다. 하지만 구할 수 없었다. 그래서 첫 번째 소금에는 불순물이 섞였으며, 약물의 효과는 그 미지의 불순물 덕분이었다는 결론을 내리게 되었다.

그로부터 약 일주일이 지났고, 나는 이제 예전에 조제해 놓은 마지막 약을 먹은 상태로 이 진술서를 마무리하고 있다. 그러니까 기적이 없다면 헨리 지킬로서 생각하고 거울에서 이 얼굴(지금은 얼마나 서글프게 변했는지!)을 볼 수 있는 마지막 시간이다. 하지만 시간을 너무 끌면 이 글을 마치지 못할 것이다. 지금까지 이 진술서가 파괴되지 않고 남아 있다면 내가 굉장히 조심스럽게 처리했으며 운도 아주 좋았기 때문일 것이다. 이 글을 작성하는 중에 변화의 격통이 찾아온다면 하이드가 조각조각 찢어버릴 테니 말이다. 하지만 내가 이 글을 잘 치워두고서 어느 정도 시간이 지나간 후라면 아마 하이드가 되더라도 지나친 이기주의와 멀리 내다보지 못하고 그 순간만 생각하는 성격 덕분에, 못된 장난질로부터 이 서류를 지킬 수 있을 것이다. 그리고 실제로 우리 둘 모두에게 다가오고 있는 파멸은 이미 그를 변화시키고 짓밟았다. 지금부터 30분 후, 내가 증오하는 그 자아로 다시, 영원히 변하게 되면 그는 의자에 앉아 덜덜 떨면서 울고 있을 것이다. 아니면 잔뜩 긴장하고 두려운 상태로 (지상 최후의 피난처인) 이 방을 서성이며 위협의 소리를 하나도 놓치지 않으려고 집중하여 귀를 기울이고 있을 것이다. 하이드는 단두대 위에서 죽을까? 아니면 마지막 순간에 용기를 내어 스스로 목숨을 거둘 것인가? 답은 하나님만 아실 것이고 나는 아무 관심 없다. 지금은 진솔하게 죽음을 맞이할 시간이기 때문에, 앞으로 일어날 일은 내가 아닌 하이드의 소관이다. 그런 까닭에 이쯤에서 펜을 내려놓고 자백이 담긴 진술서를 봉한 뒤, 저 불행한 헨리 지킬의 생을 끝내려고 한다.

메리 맨

1장

에일린 아로스

내가 마지막으로 아로스에 가기 위해 걸어서 출발한 것은 7월 말의 어느 아름다운 아침이었다. 전날 밤에 작은 배를 타고 와 그리사폴에서 내린 뒤 작은 여관에서 하룻밤을 보냈다. 숙소에서 제공해 준 아침 식사를 한 뒤, 짐은 배편으로 가지러 올 때까지 모두 맡겨두기로 하고 기분 좋게 곧장 곶을 가로질러 갔다.

나는 스코틀랜드 저지대 출신이지만 여기 토박이는 아니다. 하지만 아저씨인 고든 다너웨이는 가난하고 힘들었던 젊은 시절을 바다에서 몇 년 보낸 뒤, 군도에서 메리 맥클린이라는 젊은 여자와 결혼했다. 바다에 둘러싸인 아로스 농장을 소유한 가문의 마지막 자손이었던 그녀가 딸을 출산하다가 세상을 뜨는 바람에 아저씨는 농장을 상속받게 되었다. 농장에서 생기는 수입은 간신히 입에 풀칠하고 살 정도였다. 그러나 아저씨는 불운을 몰고 다니는 사람이었기에, 어린 딸을 키우면서 위험을 무릅쓰고 새로운 삶에 도전하는 것이 두렵고 힘들어 아로스에 남아 손톱을 물어뜯으며 운명에 따랐다. 그렇게 고립된 상태로 몇 년을 지내는 동안 외부의 도움은 전혀 받지 못했고 생활도 만족스럽지 않았다. 한편 저지대에서 살던 우리 가족도 대가 끊기고 있었다. 집안사람 중에 운이 좋은 사람은 거의 없었고, 그나마 괜찮은 사람이 내 아버지였다. 마지막으로 세상을 떠났을 뿐만 아니라 외아들에게 가문의 이름과 약간의 유산을 남겼기 때문이다. 에든버러 대학 학생이었던 나는 혼자 그럭저럭 잘 살았지만, 가까운 일가친척 하나 없었다. 그때 그리사폴 로스에 사는 고든 아저씨가 우연히 내 소식을 듣게 되었고, 피는 물보다 진하다고 믿는 아저씨는 소식을 듣자마자 아로스를 내 집처럼 생각하라는 내용의 편지를 내게 보냈다. 그렇게 해서 나는 방학이 되면 모든 사교활동이나 편안함을 뒤로하고 대구와 뇌조만 가득한 그곳에서 지냈다. 지금도 7월이 되어 학기를 마치고 아주 가벼운 마음으로 그곳으로 돌아가는 중이었다.

우리가 로스라고 부르는 곳은 넓지도 높지도 않지만, 하나님이 방금 창조하신 곳처럼 험했다. 튀어나온 곳 양쪽의 깊은 바다에는 바위섬들과 암초가 잔뜩 있어서 뱃사람들에게 아주 위험한데, 아주 높은 절벽과 벤 키아우 산 때문에 바다는 동쪽에서만 내려다보였다. 게일어인 벤 키아우는 '안개산'이라는 뜻으로 특색이 잘 드러나는 이름이다. 높이가 거의 1,000미터에 달해 바다 쪽에서 오는 구름이 어김없이 산 정상에 걸리기 때문이다. 수평선이 보일 정도로 맑은 날에도 벤 키아우에는 띠 같은 구름이 걸려 있어서, 나는 구름이 산에서 자체적으로 만들어지는 것으로 생각하곤 했다. 산에 걸린 구름은 비를 내리기 때문에 벤 키아우는 산꼭대기까지 이끼가 끼어 있었다. 햇살이 맑은 날에 로스에 앉아 있으면 검은 크레이프 상장喪章처럼 산에 장대비가 쏟아지는 것을 볼 수 있었다. 촉촉하게 비에 젖은 산이 유난히 아름답게 보일 때가 종종 있다. 산 중턱에 햇빛이 비치면 젖은 바위와 흐르는 물줄기가 보석처럼 반짝반짝 빛나서 25킬로미터나 떨어진 아로스에서도 보였다.

　나는 소들이 다니는 길로 갔다. 길이 하도 구불구불 굽이져서 거리가 두 배로 늘었다. 길바닥에는 이끼류 식물들이 거의 무릎 높이까지 자라 있고 그 사이사이에 험한 바위들이 울퉁불퉁하게 있어서 징검다리 건너듯 뛰어야 했다. 그리사폴에서 아로스까지 15킬로미터를 가는 동안 그 어디에도 경작의 흔적은 물론 집 한 채조차 보이지 않았다. 사실, 집이 적어도 세 채 정도는 있었는데 서로 너무 멀리 떨어져 있어서 외부 사람은 길에서 볼 수도 없었다. 로스의 땅 대부분에는 거대한 화강암들이 널렸다. 방 두 개짜리 집보다 더 큰 바위도 있는데, 두 개가 나란히 붙어 있으면 그 사이에서 빼곡하게 자란 양치류와 히스 아래에 독사가 서식하며 번식하기도 한다. 어쨌든 항상 해풍이 부는 탓에 바람에는 소금기가 있었다. 갈매기들도 붉은 뇌조만큼 자유롭게 로스 전역에서 돌아다녔다. 어디든 오르막길에 오를 때면 눈부신 바다가 훤하게 보였다. 바람이 많이 부는 봄날에는 아로스 옆으로 흐르는 루스트에서 전투라도 하는 양 노호하는 파도 소리가 육지 한가운데서도 들렸다. 파도가 암초에 부딪힐 때 나는 크고 위협적인 그 소리를 사람들은 메리 맨이라고 불렀다.

　아로스(토박이들은 아로스 제이라고 부르는데 '신의 집'이라는 뜻이라고 들있다) 자체는 로스의 일부라고도, 섬이라고도 할 수 없었다. 로스의 남서쪽 구석에 홀로 동떨어져 있었지만, 그 사이의 해협은 제일 좁은 곳이 10미터 남짓에 불과해서 아주 바싹 붙어 있는 셈이기 때문이었다. 밀물일 때는 육지의 웅덩이처럼 맑고 고요했지만 해초와 물고기가 있다는 점이 달랐고, 바닷물 색깔은 갈색이 아닌 녹색이었다. 하지만 썰물이 되면 바닥이 드러나서 아로스에서 본토까지 신발을 적시지 않고 갈 수 있는 날이 달마다 하루 이틀 정도 있었다.

아로스에는 좋은 목초지가 있어서 아저씨는 그곳에서 양을 키웠다. 아마 섬의 고도가 본토인 로스보다 높아서 양의 먹이인 풀이 더 좋은 것 같은데 확실하지는 않다. 아저씨의 집은 그 일대에서는 좋은 편인 이층집이었다. 서쪽으로 보이는 만에는 자그마한 배 한 척을 댈 수 있는 잔교가 있고, 문 앞에 서면 벤 키아우와 비구름을 볼 수 있었다.

여기 해안가, 특히 아로스 근처에는 앞에서 말했던 거대한 화강암들이 여름에 물가로 몰려가는 소 떼처럼 바다 쪽으로 몰려 있었다. 마치 바닷가에 옹기종기 모여 사는 것 같았다. 다만 바위들 사이로 흙 대신에 파도가 치고, 그 옆으로는 히스 대신에 분홍색 아르메리아가 피고, 바닥에는 육지의 독사 대신에 붕장어들이 얽혀서 다녔다. 파도가 잔잔한 날에 배를 타고 미로 같은 바위들 사이를 다니면 몇 시간이고 메아리가 울렸지만, 바다가 거친 날에는 부글부글 끓는 솥처럼 높이 치는 파도 소리가 굉장했다.

아로스의 남서쪽 끝단에 있는 바윗덩어리들은 그 수도 아주 많고 크기도 훨씬 컸다. 확실히 바다로 갈수록 점점 커져서, 해안에서 20킬로미터 정도까지의 앞바다에는 작은 도시의 많은 집처럼 바윗덩어리들이 촘촘하게 박혀 있었다. 그중에는 해수면 위로 9미터나 솟은 것도 있고 물에 잠긴 것도 있지만, 어쨌든 모두 배에는 위협적인 대상이었다. 서풍이 부는 맑은 날에 아로스 꼭대기에 올라가서 거대한 파도가 밀려와 부딪혀서 하얗게 부서지는 암초들을 세어본 적이 있다. 46개나 되었다.

그러나 가장 위험한 곳은 해안 쪽이었다. 이곳의 조류는 물방아를 돌리는 물줄기처럼 빠르게 흘러 육지 끝에서 긴 띠 모양의 거센 물결을 만드는데, 사람들은 이 물결을 루스트라고 불렀다. 나는 종종 조수가 멈추고 아주 고요할 때 그곳에 나가 보곤 했다. 루스트는 폭포수 바로 밑에서 들끓는 용소처럼 파도가 소용돌이치고 하얗게 치솟아 오르다가도 이따금 혼잣말하는 것처럼 작게 물결치는 이상한 장소였다. 그러나 다시 조류가 흐르기 시작하면, 특히 악천후에는 그 주변으로 1킬로 내에서는 아무도 배를 탈 수 없었다. 혹여 해상에 있는 선박이라 해도 거기에서는 키를 조종할 수도 없고 침몰을 피할 수도 없었다. 루스트의 노호하는 파도 소리는 10킬로미터 떨어진 곳까지 들렸다. 파도가 가장 센 곳은 바다에 면한 끝단이어서 이곳에서 커다랗게 부서지는 파도는 죽음의 무도를 추는 것처럼 보였다. 그래서 메리 맨이라는 이름이 붙여진 것이다. 이런 거대한 파도의 높이는 거의 15미터에 달한다고 들었는데, 푸른 파도만 그런 것이고 그 위에 뿜어지는 하얀 물보라는 분명 그 두 배 높이까지 이를 것이다. 메리 맨이라는 이름이 붙여진 것이 빠르고 기묘한 파도의 움직임 때문인지 아니면 조수가 바뀔 때 나는 굉음 때문인지는 알 수 없지만, 여하튼 아로스 전체를 뒤흔들 정도로 파도가 기셌다.

사실 남서풍이 불면 군도에서 그 지역은 배들의 함정이 된다. 배가 암초를 통과하고 거센 메리 맨을 뚫고 나오면 아로스 남쪽 해안의 산다그만에 이르는데, 이야기했던 것처럼 우리 가족은 이곳에서 불운한 일을 아주 많이 당했다. 따라서 이곳의 위험성을 아주 잘 아는 나로서는 향후 황량한 바위투성이 섬의 수로를 따라 곶과 부표에 조명 장치를 설치하는 계획이 특히 반가울 따름이다.

지역 주민들은 아로스에 관해 전해져 내려오는 이야기들을 많이 알고 있었다. 나도 아저씨의 늙은 하인인 로리에게서 들은 이야기들이 있다. 그는 원래 맥클린 가문의 하인이었으나 결혼하는 메리 맥클린을 따라 두 번 생각할 것도 없이 이 농장으로 옮겨왔다. 로리가 들려준 이야기 중에는 불길한 바다 생물인 켈피 이야기가 있다. 켈피는 루스트의 거친 파도 속에 서식하면서 특유의 무서운 방식으로 나쁜 짓을 한다고 한다. 한번은 달이 환하게 뜬 어느 여름밤, 산다그 해변에서 어떤 인어가 피리 부는 사람을 만나서 밤새 노래를 불러주었다. 다음 날 아침, 완전히 미쳐버린 상태로 발견된 그는 죽을 때까지 계속 한 문장만 말했다. 나는 잘 모르는 고대 게일어 문장이었는데, 그 뜻은 '아, 바다에서 들려오는 아름다운 노랫소리'였다고 한다. 또 해변에 자주 나타나는 바다표범들이 인간의 말로 큰 재난을 예언했다는 이야기도 전해졌다. 헤브리디스 제도의 주민들을 개종시키려고 항해를 떠난 아일랜드의 어떤 성인이 처음 상륙한 곳도 바로 여기였다. 실제로 그는 성인 호칭을 받을 자격이 있었다고 생각한다. 그 옛날 작은 배를 타고 이렇게 거친 파도를 헤치고서 험악한 해변에 내렸던 것은 확실히 기적에 가깝기 때문이다. 이 섬에 '신의 집'이라는 성스럽고 아름다운 이름이 붙게 된 것은 그 성인과 여기에 작은 수도원을 세운 그의 후배 수사들 덕분이었다.

이런 말도 안 되는 이야기 중에 좀 더 믿고 싶은 이야기가 있다. 들은 바 내용은 이렇다. 스페인의 무적함대가 폭풍우를 만나 스코틀랜드 북서부 여기저기에 흩어지게 되었는데, 그중 거대한 선박 한 척이 아로스 해변에 오게 되었고 상륙하다가 모든 선원과 함께 침몰하였다. 그 와중에도 선박 깃발은 계속 휘날렸고, 그 광경을 일부 섬 주민들이 언덕 꼭대기에서 지켜보았다. 이 이야기는 사실일 가능성이 어느 정도 있었다. 그 함대의 또 다른 배가 그리사폴에서 북쪽으로 30킬로미터 정도 떨어진 곳에서 침몰했기 때문이다. 이 침몰선의 이야기가 다른 전설들보다 좀 더 자세하고 진지한 데다가 내가 사실일 거라고 믿게 된 데에는 특별한 이유가 있었다. 그러니까 사람들이 지금까지 기억하는 그 배의 이름이 스페인어 같았기 때문이다. 에스피리토 산토호. 갑판에 대포가 많이 장착된 이 대형 선박은 스페인의 보물과 귀족들, 강한 군인들을 신고서 전투를 치르며 항해하다가 아로스 서안 산다그만에서 저 깊고 깊은 바다에 영원히 침몰하고 말았다. 성령을 뜻하는 에스피리토 산토호에는 더 이상 포격도, 순풍이나 모험도 없다. 깊은 바닷속에서 다시마를 주렁주렁 걸고 여기저기 썩고 부서진 채 높은 파도가 섬에 들이칠 때마다 메리 맨을 들고 있을 난파선이 있을 뿐이다. 그런데 이 배에는 의문점이 많았다. 최고 고위직 귀족들을 태우고 항해에 나선 것부터 이상했고 스페인에 대해 더 많이 알게 될수록 이상한 점은 더 늘어나기만 했다. 더군다나 그 배에 출항 명령을 내린 사람은 스페인의 부자 국왕 필리페가 아니었던가.

이제 와 말하는데, 그날 그리사폴에서 아로스로 걸어가는 내 내 나는 에스피리토 산토호에 관한 생각에 푹 빠졌다. 당시 나는 에든버러 대학의 학장이자 유명 작가인 로버트슨 박사의 눈에 들어 옛날 기록물들을 정리하고 그중 가치 없는 것들을 걸러내는 일을 하고 있었는데, 놀랍게도 거기에서 바로 이 배, 에스피리토 산토호에 대한 기록을 찾았다. 거기에는 선장 이름과 어떻게 그 많은 스페인 보물을 싣게 되었고 그리사폴 로스에서 침몰하게 되었는지가 기록되어 있었다. 하지만 구체적인 침몰 장소를 찾는 국왕의 조사에서 당시 그곳에서 살던 미개한 부족민들은 아무것도 알려 주지 않았다고 한다. 이런저런 기록을 엮어보고 우리 섬의 전설과 제임스 국왕의 보물 수색에 대한 이 기록을 종합해 보면, 소득 없이 끝났지만 왕이 수색했던 곳은 바로 아저씨의 땅이 있는 산다그만일 거라는 생각이 강하게 들었다. 그때부터 나는 기계를 잘 다루는 사람으로서 어떻게 그 배와 그 안에 들어 있는 금은괴와 귀금속, 옛 스페인 금화를 인양하여 오래전에 잃어버린 다너웨이 가문의 부와 명예를 되찾을 수 있을까를 꾀하고 있었다.

하지만 얼마 안 있어 이 계획을 후회할 일이 생겼다. 마음이 다른 쪽으로 급하게 쏠렸기 때문이다. 그리고 하나님의 이상한 심판을 목격하면서 죽은 자들의 보물을 탐한다는 것이 너무 양심에 찔렸다. 하지만 그런 계획을 세운 이유는 더러운 탐욕 때문이 아니었다. 내가 부를 원한 것은 돈 때문이 아니라 사랑하는 메리 엘렌을 위해서였다. 그녀는 아저씨의 딸이었다. 그녀는 본토에 있는 학교에서 교육을 충분히 받았지만, 그것 때문에 오히려 불행했다. 아버지와 늙은 하인 로리만 있는 아로스는 그녀에게 맞는 곳이 아니었다. 게다가 그녀의 아버지는 스코틀랜드에서 가장 불행한 사람인 데다, 어릴 때 시골의 카메론주의자(17세기에 스튜어트 왕조가 주교를 통해 스코틀랜드 교회를 통제하려고 하자 리처드 카메론을 중심으로 이에 저항한 전투적인 장로교 수사들 – 역주)들 사이에서 검소하게 자랐고 오랫동안 작은 배를 몰며 클라이드만에 있는 섬들을 다녔다. 지금은 양을 치고 연안 어업으로 생계를 꾸리면서 끝없이 불평만 늘어놓았다. 한두 달만 지내는 나도 가끔 지루한데, 양과 바다 갈매기, 루스트에서 휘몰아치는 메리 맨이 있는 이 황량한 곳에서 일 년 내내 살았던 그녀는 어떠했을지 상상해 보라.

2장

난파선이 아로스에 가져다준 것

아로스에 거의 왔을 때는 밀물이 반쯤 들어온 시간이었다. 바 닷가에서 멀찌감치 떨어져서 로리에게 배를 갖고 오라는 신호로 휘파람을 불 수밖에 없었다. 신호는 한 번으로 충분했다. 첫 휘파 람 소리에 메리가 문가에서 손수건을 흔들어 답했고, 장신의 늙은 하인이 허우적거리며 자갈길을 걸어 잔교로 갔다. 로리는 많이 서 둘렀지만 만을 건너는 데는 오래 걸렸다. 뭔가 이상했는지 몇 번이 나 배를 멈추고 선미로 가서 지나온 뱃길을 살펴보았다. 배가 점 점 가까워지자 늙고 수척해진 그의 모습이 보였는데, 왠지 내 눈 을 피하는 것 같았다. 어선은 노잡이가 앉는 자리 두 곳과 몇몇 군 데에 이름은 모르는 아름다운 외국산 희귀목을 덧대어 수리가 되 어 있었다.

"와, 로리. 멋진 나무네요. 어떻게 구한 거예요?" 배가 다시 섬을 향해 가기 시작했을 때 내가 물었다.

"끌 작업은 어려워요." 로리가 마지못해 대답했다. 그리고 바로 노를 내려놓은 뒤, 나를 데리러 올 때처럼 선미 쪽으로 와서 내 어깨를 짚고 두려워하는 눈길로 물속을 들여다보았다.

"뭐, 이상해요?" 내가 깜짝 놀라서 물었다.

"아주 큰 놈인 것 같아요." 노인이 노가 있는 자기 자리로 돌아가면서 말했다. 더 이상 아무 말도 하지 않았지만, 기묘하게 쳐다보면서 불길하게 고개를 끄덕였다. 그런 노인을 보고 나도 모르게 불안해져서 몸을 돌려 배 뒤의 물속을 살펴보았다. 바다는 잠잠하고 투명했지만, 배가 있는 곳이 만의 한가운데다 보니 너무 깊어서 한동안은 아무것도 보이지 않았다. 그러다가 드디어 배 뒤의 항적을 조심스레 따라오는 어두운 무언가가 보였다. 커다란 물고기인지 그냥 그림자에 불과한지는 알 수 없었다. 그때 로리가 들려준 미신 같은 이야기 하나가 생각났다. 모번의 한 나룻배에서 집안 간에 싸움이 일어났는데, 지금 우리처럼 알 수 없는 물고기 같은 것이 나룻배를 몇 년 동안 따라다녀서 결국 아무도 그 바다를 건너지 못하는 바람에 싸움이 종식되었다는 이야기였다.

"저놈은 아무나 못 잡아요." 로리가 말했다.

해변에서 기다리던 메리는 나를 데리고 언덕 위에 있는 아로스 집으로 갔다. 집은 안팎으로 많이 변해 있었다. 정원에 울타리를 쳤는데 배 수리에 썼던 것과 같은 목재였다. 방에는 이상한 브로케이드 천을 씌운 의자가 있었고, 창문에 달린 커튼도 브로케이드 재질이었다. 시계가 서랍장 위에 있었고, 천장에는 황동 램프가 달려 있었다. 식탁에는 최고급 리넨과 은식기가 놓여 있었다. 이런 값비싼 새 물건들과 안 어울리게 부엌은 내가 알던 그대로 낡고 소박했다. 가구로는 등이 높은 나무 의자와 스툴, 로리가 쓰는 서랍형 침대가 있었다. 넓은 굴뚝을 통해 햇살이 들어오고, 토탄에는 불이 붙어 있었으나 불꽃은 없었다. 벽난로 선반 위에는 모래 대신 조개껍데기로 채워진 삼각형 타구와 파이프가, 돌로 된 벽과 마룻바닥에는 아무 장식 없이 고릿적에 조각조각 이어 붙여 만든 깔개 세 개만이 있었다. 값싸지만 쓸모 있는 이 깔개들은 손으로 직접 짠 것으로 도시 사람들은 잘 모를 것이다. 그리고 일요일용 검은 옷과 노 젓는 좌석에 까는 광택 있는 막이 있었다. 집과 마찬가지로 이 공간은 시골치고는 깔끔하며 적당히 살기 좋은 곳이었는데, 지금 이렇게 어울리지 않는 물건들이 더해진 것을 보니 왠지 분노가 치밀고 창피했다. 아로스에 온 목적을 생각하면 그런 감정이 들 이유도 없고 부당했지만, 보자마자 발끈 화가 난 것이다.

"메리, 아저씨에게 여기를 내 집처럼 생각하라고 들었는데, 못 알아보겠어."

"원래 내 집이죠. 누구한테 그 말을 듣지 않아도요. 여기서 태어났고 아마 여기서 죽겠죠. 나도 이런 변화는 안 좋아해요. 변화 방식도, 그에 딸려 온 것도 싫어요. 제발 저것들을 바다에 갖다 버리고 메리 맨이 그 위에서 춤추면 더 좋을 텐데요."

메리는 항상 진지했다. 그녀가 아버지와 유일하게 닮은 점이 있다면 이런 진지한 성격인데, 이번에는 평소보다 훨씬 심각한 어조로 말했다.

"아, 난파선에서 가져온 건지 걱정했는데, 그게 아니라면 죽음의 대가겠군. 우리 아버지가 돌아가셨을 때는 거리낌 없이 유품을 받았는데."

"자연사하셨다고 들었어요." 메리가 말했다.

"그랬지. 아무튼 난파는 심판이나 마찬가지야. 배 이름은 뭐였어?" 내가 물었다.

"크라이스트안나호라고 하더라." 뒤에서 목소리가 들려서 돌아보니 문가에 아저씨가 서 있었다.

아저씨는 꾀까다롭고 성마른 성격에 작은 몸집이었으며, 얼굴이 길고 눈이 아주 까맸다. 56세였지만 아직 건강하고 활동적이었으며, 양치기 같기도 하고 뱃사람 같기도 했다. 웃는 법이 없다고 들었고, 어렸을 때 함께 생활했던 카메론주의자들처럼 성경을 많이 읽고 기도도 많이 했다. 사실 아저씨를 보면 많은 면에서 명예혁명 이전 학살 시대에 박해를 피해 산으로 달아난 사람들에게 말씀을 설파하던 설교자가 떠올랐다. 하지만 깊은 신앙심에서 큰 위로나 인도는 받지 못한 것 같다. 아저씨는 지옥이 두려울 때 일요일용 검은 옷을 입었다. 그러나 지금껏 험난하게 살아왔고 그때를 돌아보며 부러워하는, 여전히 거칠고 차가우며 우울한 성격이었다.

아저씨는 햇빛을 뒤로 하고 문 안으로 들어왔다. 머리에는 보닛(스코틀랜드의 남성용 챙 없는 모자 - 역주)을 쓰고 단춧구멍에는 파이프가 꽂혀 있었다. 로리처럼 아저씨도 더 늙고 허약해졌다. 얼굴의 주름이 더 깊어졌고 눈의 흰자위는 누렇게 변색한 상아나 망자의 뼈처럼 누렜다.

"아, 크라이스트안나. 참 끔찍한 이름이지." 그가 이름의 앞부분을 깊이 생각하며 말했다.

나는 아저씨에게 인사를 하고, 건강에 대한 안부를 물었다. 혹시 아픈 곳이 있지는 않은지 걱정이 되었다.

"몸뚱이가 그렇지 뭐. 너도 마찬가지지만, 몸뚱이는 죄를 지으니까. 저녁 준비해라." 그는 갑자기 메리에게 말한 뒤 나한테 달려들었다. "봐라. 우리가 입은 옷들 참 좋지 않냐? 저쪽의 예쁜 시계도. 고장 나서 가지는 않아. 식탁보랑은 주문한 거고. 예쁘고 귀한 것들이다. 전지전능하신 하나님의 평화를 팔아먹은 놈들의 것이지. 저것들도 놈들처럼 별 가치는 없을 거다. 주님의 면전에서 으름장을 놓는 것들은 지옥불에나 떨어지라지. 성경에도 그놈들은 저주받은 것들이라고 나와 있다니까. 메리, 이것아, 촛대 두 개는 왜 아직도 안 꺼내놓았어?" 그는 말을 끊고 갑자기 메리에게 퉁명스레 소리쳤다.

"대낮에 무슨 초를 켜요?" 그녀가 따지듯 대꾸했다.

. 하지만 아저씨는 계속 고집을 부리며 말했다. "쓸 수 있을 때 써먹어야지." 그래서 커다랗고 세련된 은촛대 두 개가 식탁에 놓였다. 그렇게 바닷가의 투박한 농가에는 너무 어울리지 않는 물건이 추가되었다.

"배가 온 건 2월 10일 밤 10시쯤이었다. 바람이 없었는데도 바다 위에서 조난당했지. 역시나 루스트에 휩쓸렸어. 로리와 같이 하루 종일 그 배를 지켜보았다. 다루기 쉽지 않다고 생각했다. 그 크라이스트안나호 말이야. 조종도 못하고 선체를 지탱하지도 못했어. 하루 종일 괴로웠을 거야. 사람들이 자리를 뜨지도 못하는데 날이 지독히도 추웠거든. 눈도 내릴 것 같았다. 그때 바람이 약간 불긴 했지만 헛된 희망만 줄 뿐이었지. 참, 끝까지 끔찍했다! 그 후에 뭍으로 올라왔으면 참 뿌듯했을 텐데."

"그래서 모두 죽었어요? 아, 하나님의 가호가 있기를!"

"쉿! 내 집에서 망자를 위한 기도는 안 된다." 그가 엄하게 말했다.

나는 불현듯 나온 말이 가톨릭적인 의미가 있는 것은 아니었다고 변명했고, 아저씨는 여느 때와 달리 흔쾌하게 내 변명을 받아주었다. 그리고 마음에 드는 이야깃거리였는지 다시 이어서 말했다.

"로리와 내가 산다그만에서 배를 찾아냈다. 저 물건들은 그 안에 있던 거야. 너도 알다시피 산다그만이 좀 까다롭냐. 메리 맨의 휘감는 힘이 세잖아. 조수가 거세져서 아로스 건너편에서 루스트의 요란한 소리가 들리면, 조류가 역류해서 바로 산다그만으로 들어오지. 음, 크라이스트안나호는 바로 거기에 잡힌 거야. 배는 선미부터 들어왔다. 조금(간만의 차가 가장 적을 때의 조수 - 역주)일 때 보니 선수가 아래로 향했고 선미가 위로 들려 있더구나. 세상에! 그렇게 세게 처박혔으니 충격이 얼마나 컸겠냐. 주여, 우리를 구원하소서! 하지만 뱃사람으로 산다는 건 편치 않은 거다. 위험은 예고 없이 닥치지. 저 깊은 바다에 빠져 죽은 사람들을 많이 봤다. 주님은 저 위험한 바다를 왜 만드셨는지, 난 이해할 수 없구나. 물론 골짜기와 목장, 아름답고 푸른 초장, 안전하고 쾌적한 땅도 만드셨지만. '주가 저희를 기쁘게 하사 이제 저희가 소리 높여 주를 찬양하네.' 〈시편〉에서도 노래하잖느냐. 그런 구절을 가져와서 내 믿음을 뽐내려는 건 아니다. 하지만 아름답고 마음에 잘 와닿지. '배들을 바다에 띄우며.' 그들은 다시 못 띄웠지만.

'큰 물에서 일을 하는 자는 여호와께서 행하신 일들과 그의 기이한 일들을 깊은 바다에서 보나니.' (시편 107편 23~24절. 이후 성경 구절은 '개역개정판 한글 성경'에서 인용함 – 역주)

음, 말은 쉽지. 아마 다윗은 바다를 잘 몰랐을 거다. 하지만 사실, 성경에 쓰여 있지 않았다면 난 바다를 만든 이가 주님이 아니라 사악한 대악마라고 생각했을 거다. 물고기 말고는 좋은 게 하나도 없으니까. 하나님이 폭풍우를 타고 다니는 광경은 분명 장관일 거야. 그게 다윗의 의도일 거고. 하지만 이보라고. 하나님이 크라이스트안나호에 보여준 기사는 비참한 기사지 않나? 오히려 심판이라고 할 수 있지. 어두운 밤에 깊은 바다의 용들이 심판을 내린 거다. 그리고 생각해 봐. 그들의 영혼은 준비도 채 하지 못했을 거다! 바다는 지옥으로 들어가는 문이었어."

이 이야기를 하는 아저씨의 목소리는 이상하게 흔들렸고 말투에서도 이례적으로 감정이 드러났다. 예를 들어 마지막 부분을 말할 때는 몸을 앞으로 내밀면서, 손을 쫙 펴서 내 무릎을 짚고 창백한 내 얼굴을 올려다보았다. 눈은 깊은 내면의 불로 번쩍였고 입가의 주름은 살짝 떨렸다.

로리가 들어오고 식사가 시작되었는데도 그는 꼬리를 물고 이어지는 생각을 한순간도 멈추지 못했다. 나한테 대학에서 잘 지내냐고 질문도 조금 하면서 생색을 냈지만 사실 진심으로 궁금한 것 같지는 않았다. 평소처럼 길고 두서없는 식사 기도를 하는 중에도 그의 생각이 어디에 있는지 알 수 있는 대목이 있었다. "하나님, 여기 슬픈 바닷가에서 홀로 살아가는 불쌍하고, 연약하고, 하찮은 죄인 네 명을 긍휼히 여기소서."

이내 그와 로리가 대화를 주고받았다.

"거기에 있던가?" 아저씨가 묻고, "아, 네!" 로리가 대답했다.

두 사람은 약간 비밀스럽게 이야기하며 당황한 듯한 표정을 지었고, 메리도 얼굴을 붉히며 자기 접시를 내려다보았다. 아는 척도 할 겸 어색한 긴장을 풀려고 나도 대화에 끼어들었다. 사실 호기심이 생기기도 했지만 말이다.

"물고기 말이에요?" 내가 물었다.

"무슨 물고기?" 아저씨가 크게 말했다. "물고기라고 했니? 물고기라니! 눈에 기름만 잔뜩 끼었구나. 머릿속에는 세속적인 지식만 잔뜩 집어넣었고. 물고기라니. 그건 유령이라고!"

그는 화가 난 듯 아주 격하게 말했다. 그리고 논쟁을 좋아하는 젊은이라서 그랬는지 나도 쉽사리 의견을 꺾고 싶지 않았던 것 같다. 적어도 내 기억으로는 유치한 미신에 대해 흥분해서 큰 소리로 반박했다.

"아, 대학 다닌다 그거구나!" 고든 아저씨가 비웃었다. "거기에서 뭘 배우는지 잘 안다. 하나도 소용없다. 얘야, 저 짜디짠 광활한 바다에 아무것도 없다고 생각하니? 매일 해초가 자라고 바다 동물들이 싸우고, 햇볕이 내리쬐는 곳인데? 아니지. 바다는 육지와 비슷하지만, 더 무서운 곳이다. 바닷가에 사람들이 있다면 바다에도 있다. 죽은 사람도 사람이니까. 그리고 악마라면 바다 악마처럼 무서운 게 없다. 요컨대 육지 악마는 그렇게 위험하지는 않지. 오래전 젊어서 남쪽 지방에 있을 때였다. 피위 모스라는 곳에 철면피 같은 오래된 유령이 있었어. 특징 없는 묘비처럼 늪에 앉아 있는 걸 내가 직접 봤다. 사실 두꺼비처럼 흉측스러웠지만, 아무도 조종하지 않있다. 당연히 신에게 버림받은 자, 주를 미워하는 자가 여전한 죄를 품고서 거기까지 갔다면 틀림없이 그 괴물이 바로 덮쳤겠지. 하지만 깊은 바다의 악마는 세례를 받은 사람도 끌고 들어갈 수 있다. 네가 크라이스트안나호에 그 불쌍한 젊은이들과 함께 탔다면 지금쯤 바다의 자비에 대해 잘 알게 되었을 게다. 네가 나만큼이나 오랫동안 바다에서 항해했다면 나처럼 바다를 싫어했을 거고. 네가 하나님이 주신 눈을 사용했다면 불성실하고, 짜고, 춥고, 사납게 소리치는 바다가 얼마나 사악한지 알게 되었을 거다. 주님이 허락하셔서 그 안에 들어가 있는 괴물들도 못지않게 사악하지. 랍스터와 게 같은 것들, 사체를 파먹는 놈들, 기운차게 물을 뿜는 고래, 강한 물고기, 맹목적이고 기괴한 괴물들 말이다, 이놈아. 공포의, 소름 끼치는 바다야!"그가 외쳤다.

이런 사자후에 우리 모두 충격을 받았다. 아저씨 본인도 마지막에 목이 쉬도록 열변을 토한 후 울적하게 자기 생각에 빠져든 것처럼 보였다. 하지만 미신을 잘 믿는 로리가 다시 질문을 던져서 아저씨는 다시 그 주제로 돌아왔다.

"바다의 악마를 보신 적은 없는 거죠?"로리가 물었다.

"똑똑히 본 건 아니라네." 아저씨가 대답했다. "한낱 우리 같은 사람이 그놈을 보고 목숨이나 부지할 수 있겠나. 샌디 가바트라는 젊은이와 항해를 한 적이 있는데, 그는 확실히 봤지. 그리곤 목숨을 잃었네. 클라이드강에서 바다로 나온 지 이레째였다. 애통한 일이었지. 매클라우드 가문을 위해 씨앗과 고급 물건들을 싣고 북쪽으로 가던 길이었어. 커철런스 바로 아래까지 갔다가 소아섬 주변을 다닌 뒤 긴 항해를 시작했다. 코폰하우쯤에나 가서 닻을 내릴 줄 알았지. 그날 밤을 무사히 지낼 수 있으리라 생각했어. 안개가 낀 달밤인 데다 물 위로 꾸준히는 아니지만 바람이 잔잔히 불었거든. 그런데 머리 위로 보이는 커철런스의 무시무시한 옛날 암벽 사이에서 또 다른 바람이 휘몰아쳤어. 우리 중 아무도 듣고 싶지 않은 소리였어. 음, 샌디가 삼각돛의 밧줄을 잡기 위해 앞으로 달려갔지. 막 펴기 시작한 주 돛을 샌디에게 맡기려고 했는데 안 보였어. 그때 그가 날카롭게 소리를 질렀지. 나는 그 소리에 소아섬이 가까워진 줄 알고, 죽을힘을 다해 바람 불어오는 쪽으로 배를 돌렸어. 하지만 아니었어. 불쌍한 샌디 가바트는 그 비명을 지르고 즉사했다. 반 시간도 안 되어 죽었으니까 즉사나 마찬가지지. 그때 그가 한 말은 바다 악마, 바다 유령 뭐 그런 게 제1사장(앞 돛대의 밧줄을 묶기 위해 배의 앞부분으로 돌출시킨 장대 – 역주)으로 기어 올라와서 차갑고 무시무시한 눈으로 쳐다본다는 거였지. 그리고 샌디는 눈을 감았네. 그게 무슨 뜻인지 우리는 잘 알았지. 커철런스 정상에서 바람이 왜 휘몰아치는지도 말이야. 그리고 바람이 내려왔다. 그건 주님이 노해서 부는 바람이었어. 그 밤 우리는 정신없이 배를 몰아서 제일 가까운 우스케바만에 내린 줄 알았지. 그런데 사실은 수탉들이 울어대는 벤베큘라섬이었어."

"인어였을지도 몰라요." 로리가 말했다.

"인어라니! 바보 같은 소리를 하고 있어! 인어 같은 게 어디 있나." 아저씨가 아주 경멸한다는 듯이 소리쳤다.

"그 생물이 어떻게 생겼는데요?" 내가 물었다.

"어떻게 생겼냐고? 우리는 그런 걸 알아도 된다는 허락을 받지 못했다! 미리 같은 게 있기는 했는데, 그 이상은 알 수 없다."

그때 모욕감을 느낀 로리가 섬에 가까이 온 남녀 인어와 해마 등이 항해 중인 선원들을 공격한 이야기들을 해 주었다. 아저씨는 쉽게 믿지 않으면서도 불편한 관심을 갖고 들었다.

"그래 뭐, 그럴지도 모르지. 내가 틀렸을 수도 있고. 하지만 성경에는 인어라는 단어가 안 나온다고."

"그리고 아로스 루스트라는 이름도 안 나올걸요, 아마." 로리가 반박했고, 그의 주장은 설득력이 있어 보였다.

식사가 끝나고 아저씨는 나를 데리고 집 뒤의 제방으로 갔다. 아주 덥고 조용한 오후였다. 바다는 잔물결도 거의 없었고, 귀에 익은 양과 갈매기의 울음소리 외에는 어떤 소리도 들리지 않았다. 아마 자연에서 이렇게 휴식했기 때문인지 아저씨는 아까보다 이성도 찾고 차분해졌다. 그는 내 앞날에 대해서 차분한 어조로 기분 좋게 말하면서, 가끔 난파선과 거기에서 아로스로 가져온 보물을 언급했다. 나도 편안하게 들으며 꿈꾸듯 그 장면을 그려 보았다. 바닷바람도 좋았고 메리가 지핀 토탄의 연기 냄새도 좋았다.

한 시간 정도 지났을 때, 은연중에 만의 수면을 바라보던 아저씨가 일어서더니 따라오라고 했다. 이제 아로스 남서단에 흐르는 거대한 조류가 전체 해안의 모습을 어지럽혔다. 산다그만의 남쪽에서는 밀물과 썰물의 특정 시간에 강한 조류가 흐른다. 하지만 아저씨의 집이 있는, 아저씨가 바라보던 이곳 북쪽의 만(소위 아로스 만)에는 썰물 끝에 교란 징후만 있을 뿐이고 그마저도 아주 미미해서 알아차리기 힘들었다. 파도가 크게 치면 아무것도 보이지 않왔다. 하지만 이렇게 잔잔할 때는 이따금 거울처럼 매끈한 수면에 이상하고 해독할 수 없는 표시, 일명 바다의 룬 문자(신비한 의미가 담긴 상징-역자)가 나타난다. 그와 같은 표시가 해안 곳곳에서 수없이 많이 나타나기 때문에, 나를 포함한 젊은이들은 그 표시들에서 자기 또는 연인의 상징을 찾으며 즐거운 시간을 보내기도 했다. 지금 내 관심을 이런 표시들로 돌리려고 하면서도 이를 꺼리는 아저씨의 마음이 잘 보였다.

"저기 물 위의 자국 보이니? 저기 회색 돌 말이야. 음, 글자 같지 않니?" 아저씨가 물었다.

"글자 같네요. 전에도 종종 봤는데. C처럼 보여요." 내가 대답했다.

그는 내 대답에 크게 실망한 듯 한숨을 쉰 뒤 덧붙여 말했다. "아, 크라이스트안나Christ-Anna의 C인가 보구나."

"제 생각에는 저인 것 같은데요. 제 이름이 찰스Charles잖아요." 내가 말했다.

"그래서 전에도 본 적이 있다고?" 그는 내 말을 제대로 듣지 않고 계속 말했다. "글쎄, 하지만 이상하구나. 어쩌면 사람들 말처럼 지루한 시간을 견디며 거기서 계속 기다리고 있었나 보지. 맙소사, 그래도 끔찍하긴 해." 그리고 잠시 멈추었다가 다시 물었다. "다른 건 안 보이니?"

"보여요. 내리막길의 로스 쪽 근처에서 또 다른 표시가 아주 분명하게 보여요. M이에요."

"M이라고?" 그는 아주 낮은 목소리로 따라 말한 뒤 잠시 말을 멈추었다가 다시 물었다. "그래서 넌 그걸 보고 뭐가 생각났니?"

"항상 같은 생각을 했는데요, 메리Mary요." 나는 얼굴을 다소 붉히며 대답했다. 추가로 설명해야 할 때라는 생각이 들었다.

그러나 우리는 서로 각자의 생각에 몰두해 있었다. 아저씨는 이번에도 내 말은 귀담아듣지 않고 고개만 숙이고 조용히 있었다. 내 말을 듣지 못했나 보다 생각하려는 순간, 아저씨가 다음과 같이 말했다.

"메리에게는 그런 소리 안 하는 게 낫겠다." 그는 그렇게 이야기한 뒤 앞서 걷기 시작했다.

걷기 쉬운 아로스만의 측면을 따라 풀밭 지대가 펼쳐지는데, 말 없는 아저씨를 따라 이곳을 조용히 걸어갔다. 내 사랑을 밝힐 아주 좋은 기회를 놓쳐버린 것에 약간 낙담했지만, 나는 아저씨의 변화에 더 많은 신경을 썼다. 아저씨는 절대 평범한 사람이 아니었고 엄밀히 말하면 호감을 주는 사람도 절대 아니었다. 하지만 이제까지 아저씨를 알고 지내던 최악의 순간에도 지금처럼 이상하게 변했던 적은 없었다. 그렇다고 그에게 뭔가 꿍꿍이가 있다는 사실을 모르는 척할 수는 없었다. 나는 속으로 비참Misery, 자비Mercy, 결혼Marriage, 돈Money 등 M으로 시작되는 단어들을 떠올리다가 살인Murder이라는 단어에 깜짝 놀라기도 했다. 여전히 살인이라는 단어의 듣기 싫은 발음과 파멸적인 뜻을 생각하고 있던 사이에 산책 방향이 바뀌어 양쪽으로 조망할 수 있는 곳으로 왔다. 뒤로는 아로스만과 집이 보였고 앞으로는 바다가 보였다. 북쪽으로 섬들이 점점이 산재했고 남쪽으로는 푸른 하늘이 넓게 펼쳐져 있었다. 거기에서 앞장서서 걷던 아저씨가 잠시 멈춰 서서 그 광활한 공간을 바라보았다. 그러고는 돌아서서 내 팔에 한 손을 없었다.

"저기에 아무것도 없다고 생각하니?" 파이프로 바다를 가리키며 말한 뒤 환희에 차서 크게 소리쳤다. "내가 말해 주마! 저 아래에 죽은 사람들이, 쥐 떼처럼 잔뜩 있다!"

그는 바로 돌아섰고, 우리는 조용히 왔던 길을 돌아가며 아로스의 집으로 향했다. 나는 메리와 단둘이 있고 싶었지만 그녀와는 저녁 식사 후에나 잠깐 이야기할 수 있었다. 나는 단도직입적으로 속마음을 분명하게 말했다.

"메리, 희망이 없었으면 여기 아로스에 오지도 않았을 거야. 그 희망이 충분히 입증되면 우리는 편안하게 생활할 수 있는 곳으로 함께 떠날 수도 있어. 약속까지 하기는 그렇지만 지금보다 훨씬 잘 살 수 있을 거야. 하지만 내가 돈보다 더 바라는 게 있어." 나는 말을 잠시 멈추었다가 말했다. "메리, 그게 뭔지 당신도 잘 알 거야." 그녀는 조용히 나에게서 눈길을 돌렸다. 그런 태도에 약간 고무된 것도 있었지만 어차피 더 미루지 않으려고 했다. "평생 당신을 아주 소중하게 생각해 왔어. 시간이 흐를수록 더 많이 당신을 생각하지. 당신이 없으면 행복하고 힘 있게 살 수 있을 것 같지 않아. 당신은 나한테 가장 소중한 사람이야." 여전히 메리는 나를 외면한 채 아무 말도 없었다. 하지만 그녀의 손이 떨린 것 같아서 두려워하며 외쳤다. "메리, 나를 좋아하지 않아?"

"아, 찰리. 지금 그런 이야기할 때가 아니에요. 잠시만 좀 있어봐요. 이대로, 잠깐만. 기다림 때문에 당신이 잃을 건 없어요!"

목소리를 들어보니 그녀가 거의 울고 있었기 때문에 그녀를 진정시키는 데만 집중했다. "메리 엘렌, 더 말하지 않아도 돼. 당신을 괴롭히려고 온 게 아니야. 당신이 가는 길이 내 길이고, 시간도 그래. 그리고 당신은 내가 원하는 모든 걸 말해 주었어. 딱 하나만 더 물어볼게. 무슨 일인데?"

그녀는 아버지 때문이라고 하면서도 자세히는 말하지 않고 고개만 저었다. 아버지가 몸이 좋지 않고 예전 같지 않아서 걱정된다고 말했다. 그녀는 난파선에 대해서 아는 것이 없었다. "난 거기 근처에도 가본 적이 없어요. 찰리, 내가 뭐 하러 거기에 가겠어요? 거기에 있던 불쌍한 사람들은 오래전에 세상을 떴어요. 자기들이 쓰던 물건들도 가져갔더라면 좋았을 텐데. 불쌍한 사람들!"

그녀에게 에스피리토 산토호에 대해 이야기한다고 크게 도움이 될 것 같지 않았지만 말했다. 이야기를 시작하자마자 그녀는 놀라서 외쳤다. "그리사폴에 어떤 남자가 있었어요. 5월이었어요. 작은 키에 피부가 누렇고 검은 옷을 입었는데, 금반지를 여러 개 끼고 턱수염도 있었대요. 그 사람이 그런 배를 찾으며 여기저기 묻고 다녔다더군요."

로버트슨 박사에게서 정리할 기록물들을 받은 것이 4월 말쯤이었다. 그 기록물들이 자칭 스페인사를 연구하는 학자라는 사람을 위해 준비되었다는 사실이 불현듯 떠올랐다. 그는 고위 인사의 추천장을 들고 학장을 찾아왔는데 무적함대의 해산에 관해 조사 중이라고 했다. 이런저런 사실들을 종합해 보면, '금반지 여러 개를 낀' 남자가 마드리드에서 로버트슨 박사를 찾아온 역사학자와 동일 인물일 수도 있겠다는 생각이 들었다. 만약 그렇다면 그는 학술계를 위한 자료보다는 자기 욕심으로 보물을 찾고 있을 가능성이 더 컸다. 나는 바로 할 일을 해야겠다고 마음먹었다. 그 남자와 내 생각처럼 그 배가 산다그만에서 침몰했다면, 반지를 낀 이 모험가의 이익을 위해서가 아니라 메리와 나 그리고 선하고 정직하며 친절한 다너웨이 가족을 위해 찾아내야 했다.

3장

산다그만의 육지와 바다

나는 다음 날 아침 일찍 일어나서, 식사를 대충 하고 바로 탐험에 나섰다. 마음속의 무언가가 무적함대의 배를 찾아야 한다고 분명하게 말했다. 희망에 찬 생각을 완전히 버리지 않아서인지 여전히 마음도 발걸음도 아주 가벼웠다. 아로스는 섬 전체가 커다란 바위와 히스로 뒤덮인 아주 험한 섬이다. 내가 선택한 길은 섬에서 가장 높은 언덕을 거의 남북으로 가로지른다. 총거리는 3킬로미터를 조금 넘지만 평지의 6킬로미터를 걸을 때보다 더 힘들고 오래 걸렸다. 언덕 정상에서 잠시 쉬었다. 고도가 100미터가 채 안 되어 아주 높지는 않지만, 로스의 인근 저지대보다 높이 솟아 있어서 바다와 섬들의 멋진 경치가 한눈에 내려다보인다. 얼마 전 떠오른 태양에 벌써 목덜미가 뜨거웠다. 대기는 아주 맑았지만, 께느른했고 천둥이 칠 듯 불안했다. 섬들이 밀집해 있는 멀리 북서쪽 하늘에는 작은 먹구름 대여섯 개가 모여 있었다. 벤 키아우의 봉

우리에도 가는 구름이 아닌 습기가 가득한 짙은 구름이 걸려 있는 것으로 보아 곧 비바람이 칠 것 같았다. 반면에 바다는 유리처럼 매끈했고 루스트도 유리에 금이 간 정도였으며 메리 맨조차 수면에만 바다 거품이 있을 뿐이었다. 하지만 이곳을 오랫동안 알아 온 내 눈과 귀에는 하늘 못지않게 바다도 불안해 보였다. 내가 서 있는 곳에서도 긴 한숨 같은 파도 소리가 들렸다. 지금은 평온해 보이지만 루스트는 못된 장난질을 치려는 것처럼 보였다. 이 지역에 사는 모든 사람이 이 기묘하고 위험한 조류에 대해 예견까지는 아니더라도 최소한 조짐을 알아챌 수 있었다.

나는 속도를 높여서 아로스 비탈길을 서둘러 내려가 산다그만 지역으로 갔다. 섬 크기에 비해 만은 꽤 넓었고 탁월풍을 제외한 모든 위험에서 안전했다. 서쪽으로는 백사장과 모래톱이 펼쳐지다가 낮은 모래 언덕에서 끝나지만, 동쪽으로는 절벽 끝 바위 아래의 바다가 몇 길 깊이로 깊다. 바로 여기가 아저씨가 말한 밀물 때마다 조류가 정말 세게 들어온다는 곳이다. 잠시 후 루스트의 파고가 더 높아지기 시작하면 저류는 반대 방향으로 훨씬 세게 물러나간다. 내가 보기에는 파도의 이 마지막 작용 때문에 수심이 아주 깊어진 것 같다. 산다그만 너머로는 일부 수평선 외에는 아무것도 보이지 않고, 악천후일 때는 이마저도 안 보이고 심해의 암초에 부서지는 파란만 보였다.

언덕을 절반쯤 내려왔을 때 백사장 동쪽 모퉁이에 누워 있는 배가 보였다. 지난 2월에 침몰한 난파선이었다. 톤수가 상당한 대형 쌍돛대 범선은 용골이 부서지고 물가에서 떨어져 높게 있어서인지 물기가 없었다. 나는 곧장 그 배로 향했다. 풀밭 끄트머리까지 거의 갔을 때, 돌연 눈에 들어오는 곳이 있었다. 양치류와 히스를 제거한 낮은 둔덕이었는데, 사람 모양으로 길쭉한 게 흔히 볼 수 있는 묘지 형태였다. 나는 총에 맞은 것처럼 그 자리에 멈춰 섰다. 섬에서 죽은 사람이라든지 매장된 사람에 대해서는 전혀 들은 내용이 없었다. 로리와 메리, 아저씨 모두 아무 말도 하지 않았다. 적어도 메리는 전혀 알지 못한다는 것이 확실했다. 하지만 죽음에 대한 명백한 증거가 여기, 내 눈앞에 있었다. 그러니까 무덤 하나가 있었다. 나는 오싹해져서 스스로에게 되물어야만 했다. 저기 파도가 덮치는 쓸쓸한 곳에서 영면에 들어 주님의 신호를 기다리는 사람은 어떤 사람인가? 하지만 두려움만 들 뿐 아무 답도 떠오르지 않았다. 적어도 난파를 당한 건 틀림없었다. 어쩌면 그 옛날 무적함대의 선원들처럼 바다 건너 머나먼 풍요의 땅에서 온 것인지도 모른다. 아니면 고향을 눈앞에 두고 죽어간, 같은 나라 사람일 수도 있다. 한동안 그 옆에서 모자를 벗고 애도를 표했다. 불운한 그 이방인을 위해 우리 종교 방식으로 또는 옛날 방식으로 그가 당한 불행을 애도하고 싶은 마음에서였다. 그의 유골은 여기 아로스에 묻혔지만, 그의 영혼은 영원한 안식의 기쁨을 누리지도 못하고 고통스러운 지옥에 빠지지도 못한 채 나팔이 울리기만을 기다리고 있으리라. 하지만 행여나 그의 영혼이 자기 무덤을 지키고자 자신의 운명이 불행해진 현장에 머물면서 내 곁에 있을까 봐 두려움도 들었다.

무덤에서 눈을 돌려 그 못지않게 우울한 난파선을 바라보았다. 내 위로 어떤 영혼이 드리워져 있는 것만 같았다. 밀물이 들어오기 시작했는데도 배의 선수는 여전히 물 위로 나와 있었다. 배는 앞 돛대의 조금 뒤에서 두 동강이 났고, 돛대 두 개 모두 짧게 부러져 실제로 남아 있는 것은 없었다. 그리고 해변이 아주 갑작스럽고 급하게 경사져 있었기 때문에 선수가 선미보다 한참 아래에 있었고 균열 틈새가 커서 황폐해진 선체 사이로 반대편까지 보였다. 선박의 이름이 많이 지워져서 그 유래가 노르웨이의 도시인 크리스티아니아인지 아니면 고전 《천로역정》(17세기 영국의 작가 존 버니언이 쓴 우화 형식의 종교 소설 - 역주)에 나오는 크리스천의 착한 아내 크리스티아나인지는 명확하게 알 수 없었다. 그 구조로 볼 때 외국 선박이긴 했으나 어느 나라의 배인지도 확실하지 않았다. 녹색 칠이 되어 있는데 색이 바래고 희미해진 데다 군데군데 칠이 벗겨져 있었다. 주 돛대는 부서져서 배와 나란히 쓰러져 있었고 절반은 모래에 파묻힌 상태였다. 선원들이 큰 소리로 외치며 다루었던 밧줄이 지금도 배에 늘어져 있었다. 용도에 따라 이리저리 운반되었던 작은 석탄 통, 넘실대는 파도에 수없이 많이 잠기면서 코가 떨어져 나간 선수의 천사상 등 그 황량한 모습에 처량한 마음이 들었다.

한 손으로 폐목재를 짚고 기대어 서 있는 동안, 난파선 때문인지 무덤 때문인지는 모르겠지만 왠지 양심의 가책이 느껴지면서 우울해졌다. 낯선 해변에서 조난을 당해 고향으로 돌아가지 못하는 난파선과 사람들의 모습이 선명하게 떠올랐다. 그렇게 불쌍한 재난을 이용하여 이득을 취하는 것이 떳떳하지 못하고 야비한 행위처럼 여겨졌다. 그렇다면 내가 벌이는 탐색도 본질적으로는 불경스러운 짓이라는 생각이 들기 시작했다. 하지만 메리를 생각하고 다시 마음을 다잡았다. 아저씨는 경솔한 결혼을 절대 허락하지 않을 것이고, 메리 역시 아저씨의 허락을 받지 못하면 결혼하지 않을 것이다. 그러니 나는 미래의 아내를 위해 열심히 노력해야 한다. 거대한 바다의 성 에스피리토 산토호가 산다그만에 침몰한 것은 고릿적 일이고 그에 따라 소유권도 이미 오래전에 소멸했으며 그 불행한 사건은 사람들에게 잊혔는데, 이들의 사정까지 생각하는 것은 참 나약한 핑계라고 생각하며 조소했다.

가라앉은 난파선의 위치에 대해서는 이미 생각을 끝냈다. 조류와 수심을 함께 고려했을 때, 만의 동쪽에 있는 절벽 끝 바위 아래의 바다라는 결론을 내렸다. 배가 산다그만에서 침몰했고 수백 년이 지난 후에도 그 형태를 유지하고 있다면 찾아야 할 곳은 바로 거기였다. 앞서 말했듯 그곳은 수심이 아주 급하게 깊어지기 때문에 절벽에서 아무리 가까워도 그 깊이가 수 미터는 족히 될 것이었다. 바닷가를 걸으면서 바닷속을 내려다보니 아득히 모랫바닥이 보였다. 잔잔한 바다에 비친 태양은 투명한 녹색으로 흔들림 없이 빛났다. 그래서인지 산다그만은 보석상에서나 볼 수 있는 크고 투명한 수정처럼 보였다. 하지만 일렁이는 물결, 수면에 반짝이는 햇빛, 그물의 그림자, 이따금 희미하게 들리는 파도 소리와 해변에서 부서지는 물거품은 이곳이 수정이 아닌 바다임을 알려 주었다. 길게 드리워진 절벽의 그림자와 움직였다가 멈추고 구부리는 내 그림자 역시 때때로 만에 비쳤다. 내가 에스피리토 산토호를 수색할 곳은 특히 이 그림자 지대였다. 바닷물이 들어오든 나가든 이곳이 저류가 가장 센 곳이기 때문이었다. 오늘처럼 찌는 듯이 더운 날에도 바닷물은 시원해 보였고 그곳은 특히 더 시원해 보여서 나를 신비롭게 초대하는 것 같았다. 그러나 자세히 들여다보니 물고기 몇 마리와 다시마 덤불, 위에서 떨어져 여기저기 모랫바닥에 깔린 바위들만 보였다. 절벽의 끝에서 끝까지 두 번 거닐며 들여다보았는데, 난파선은 아예 안 보였지만 가능성이 있는 장소는 한 군데 있었다. 모랫바닥에서 상당히 높게 솟아오른 해안단구인데 수심은 9미터 정도였다. 위에서 내려다보면 지금 걷고 있는 절벽이 뻗어나간 모양이었다. 다시마 덤불이 숲처럼 보일 정도로 커서 어떤 상태인지 판단할 수 없지만, 그 모양과 크기가 배의 선체와 비슷했다. 어쨌든 가장 가능성 높은 곳이었다. 에스피리토산토호가 다시마 아래에 있지 않다면, 산다그만 어디에도 없다는 뜻이다. 나는 내 추측이 사실인지 아닌지 확인할 준비를 했다. 그후에는 부자가 되어 아로스로 돌아가든지 아니면 부자가 되는 망상에서 깨어나든지 둘 중 하나가 될 것이다.

나는 옷을 다 벗고 두 손을 꽉 쥐고서 절벽 끝에 섰지만 망설여졌다. 그 시각 산다그만은 아주 조용했다. 보이지 않는 어딘가에서 들려오는 돌고래 떼의 울음소리 외에는 아무 소리도 들리지 않았다. 그런데도 어떤 막연한 두려움이 막 모험에 나서려는 내 발목을 잡았다. 머릿속으로 바다에서 느껴지는 슬픔, 아저씨한테 들은 미신, 망자와 무덤, 낡고 부서진 배에 대한 생각 등등이 계속 떠올랐다. 하지만 강한 햇볕에 어깨는 물론 뱃속까지 따뜻해졌고, 나는 거기에 힘입어 몸을 앞으로 숙이고 바다에 뛰어들었다.

단구에서 빽빽하게 자란 다시마를 잡으려면 다이빙할 수밖에 없었다. 일단 거기까지 내려가자마자 미끈미끈하고 두툼한 다시마 줄기들을 한 아름 붙잡아서 몸을 지탱하고, 발을 단구 끝에 단단히 디딘 뒤 주위를 둘러보았다. 사방으로 모랫바닥이 쭉 펼쳐져 있었는데, 모래가 조수 작용 때문에 절벽 기슭으로 밀려왔다가 다시 밀려 나가면서 정원의 오솔길 같은 것이 만들어졌다. 그리고 보이는 거라곤 햇볕이 물을 통과해 환하게 비추는 바닥 저 멀리까지 펼쳐진 모래의 물결밖에 없었다. 그러나 내가 딛고 서 있던 단구에는 히스 덤불처럼 질긴 해초들이 빼곡했고, 절벽에 드리워져서 수면 아래로 내려온 갈색 덩굴식물들이 바닷물에 불어 부풀어 있었다. 이렇게 복잡하게 얽힌 것들이 조류에 계속 흔들려서 사물을 식별하기가 어려웠다. 여전히 내 발이 딛고 있는 것이 암석인지 무적함대 보물선의 목재인지도 분명치 않았다. 그때 잡고 있던 다시마 덤불을 놓치면서 나는 순식간에 수면 위로 떠올랐다. 진홍빛으로 물든 해변과 반짝반짝 빛나는 바닷물이 장관이었다.

나는 다시 바위로 기어 올라가서 발에 엉킨 다시마를 떼어내 버렸다. 그때 동전이 떨어지는 것처럼 뭔가 날카롭게 울리는 소리가 났다. 몸을 굽히고 보니 잔뜩 붉게 녹슨 철제 구두 버클이었다. 눈앞에 나타난 이 별거 아닌 유품에 기분이 오싹해졌지만, 그것은 희망에 부풀어서도, 두려워서도 아니고 구슬프게 느껴졌기 때문이다. 그것을 손에 쥐자 그 주인의 모습이 실제 사람처럼 눈앞에 보이는 듯했다. 햇볕에 거칠어진 얼굴, 뱃사람의 거친 손, 닻을 감아올리며 목이 터져라 노래를 부르느라 쉰 목소리, 그 버클이 있는 구두를 신고 흔들리는 갑판을 수없이 걸었을 발. 나와 마찬가지로 머리카락이 있고 피가 돌고 눈으로 보는 온전한 사람으로서의 버클 주인이 떠올랐다. 그것도 대낮에 외딴 장소에서 말이다. 하지만 유령의 모습이 아니라 나 때문에 많이 다친 친구처럼 보였다. 정말 저 아래에 굉장한 보물선이, 스페인에서 출항할 때처럼 대포와 쇠사슬과 보물을 그대로 간직한 채로 있는 건가? 갑판은 해초밭으로, 선실은 물고기 양식장으로 변하고, 아무 움직임 없이 고요한 가운데 모래를 휩쓸어 가는 조류 소리만 들리고 포문에서는 다시마만 살랑살랑 흔들리고 있을까? 그 옛날에 사람들을 많이 태우고 다니던 바다의 성이 지금은 산다그만에서 암초가 되어 있을까? 아니면 이 구두 버클은 재난을 당한 외국 선박에서 떨어진 이름 모를 사람의 물건일까? 나와 같은 시대를 살면서, 매일매일 같은 뉴스를 듣고, 같은 생각을 하고, 심지어 같은 교회에서 기도한 사람의 것일지도 몰랐다. 사실 그 가능성이 더 클 것 같기는 했다. 어느 쪽이든, 끔찍한 생각이 들었다. "죽은 사람이 저 아래에 있다"라는 아저씨의 말이 귓가에 맴돌았다. 다시 한번 바다에 들어가야겠다고 결심했지만, 바위 끝을 향해 가는 발걸음은 무언가에 강하게 잡힌 듯 무겁기만 했다.

그 순간 산다그만의 전경이 크게 바뀌었다. 물속은 더 이상 투명하고 선명한 유리온실처럼 보이지 않았고, 녹색의 바다는 물을 통과해 들어온 햇살을 그대로 바닷속에 가둬버렸다. 산들바람이 불어 수면이 일렁거리더니 바다가 소란스럽고 어두워졌다. 그리고 번쩍이는 불빛과 구름 그림자가 어지럽게 난무했다. 심지어 해안 단구마저 왠지 모르게 흔들렸다. 위험이 도사리는 이곳에 들어가는 것은 더 심상치 않은 일 같았다. 그래서 다시 바다에 뛰어들었을 때는 내 영혼이 떨리고 있었다.

나는 처음처럼 몸을 지탱하고 흔들리는 다시마 덤불 사이를 더듬었다. 손에 닿는 것은 온통 차갑고 매끄러우며 끈적거리는 것뿐이었다. 덤불 속 게와 가재들이 이리저리 삐뚤삐뚤 돌아다녔기 때문에, 썩은 물고기 사체가 있을까 봐 마음을 독하게 먹어야 했다. 사방에서 단단한 천연석의 깔깔한 표면과 갈라진 틈이 만져졌지만, 널판자나 쇠 등 난파선의 잔재는 없었다. 에스피리토 산토호는 거기에 없었다. 실망하면서도 안도감을 느꼈던 걸로 기억한다. 이제 손을 놓아야겠다고 생각했을 때, 가슴이 철렁하여 서둘러 수면으로 올라갈 일이 생겼다. 탐사한다고 바닷속에 너무 오래 있었다. 그 사이에 조수가 바뀌어 조류도 바뀌고 있었다. 그래서 산다그만에서 혼자 수영하는 것이 더 이상 안전하지 않았다. 그런데 바로 마지막 순간에 갑자기 조류가 다시마 덤불 사이로 파도처럼 밀려들어 왔다. 나는 한 손을 놓치면서 옆으로 홀러덩 넘어졌다. 본능적으로 새로 잡을 것을 찾아 손을 뻗은 순간, 단단하고 차가운 무언가가 잡혔다. 곧바로 그 정체를 알 것 같았다. 그래서 즉시 쥐었던 다시마를 놓고, 수면을 향해 올라가서 안전한 바위 위로 기어 올라갔다. 사람의 다리뼈를 꼭 쥔 채였다.

인간은 유물론적 존재이기에 생각이 느리고 관계를 알아채는 데 둔하다. 무덤, 난파된 쌍돛 범선, 녹슨 구두 버클이 알려 주는 것은 분명했다. 그 우울한 이야기는 어린아이라도 풀어낼 수 있었을 것이다. 하지만 나는 섬뜩한 바다의 공포감을 안겨준 진짜 유골을 만지고서야 알아차렸다. 나는 다리뼈를 버클 옆에 내려놓은 뒤, 내 옷을 집어 들고 사람들이 모여 있는 바닷가 쪽으로 뛰어갔다. 그 자리에서 아주 멀리 갈 수는 없었다. 하지만 억만금을 준다 해도 거기에 다시 가기는 싫었다. 익사한 사람의 유골이 다시마 위에서 굴러다니든 금화 위에서 굴러다니든 나는 상관하지 않을 것이다. 그러나 다시 단단한 땅을 딛고 옷을 입어 벗은 몸을 가리자마자, 난파선에 무릎을 꿇고 앉아 바다의 모든 불쌍한 영혼들을 위하여 온 마음을 다하여 오랫동안 열정적으로 기도했다. 다른 사람을 위한 기도는 절대 헛되지 않았다. 기도는 이루어지지 않을 수도 있지만, 기도한 사람은 항상 은혜를 받는다. 기도 덕분에 적어도 공포는 사라졌다. 이제는 하나님이 창조하신 밝고 광대한 바다를 차분한 마음으로 볼 수 있었다. 그래서 아로스의 험한 길을 출발해 집으로 갈 때는 난파선의 약탈물이나 죽은 자의 보물에 더 이상 관여하지 않겠다고 굳게 결심했을 뿐, 다른 걱정은 없었다.

언덕길을 어느 정도 오른 후에 잠시 멈추고 숨을 고르며 뒤를 돌아보았다. 그때 눈에 들어온 광경은 정말 기이했다.

먼저 앞서 예상했던 폭풍이 열대 폭풍처럼 아주 빠르게 다가오고 있었다. 전체적으로 눈에 띄게 밝았던 수면은 주름진 납처럼 보기 안 좋은 색으로 흐려졌다. 아로스에서는 아직 안 느껴졌으나 저 멀리 바람에 밀려오는, '선장의 딸'이라 불리는 높고 흰 파도가 보였다. 그리고 이미 내가 서 있는 곳에서도 산다그만의 굽은 해변에서 찰랑거리는 파도 소리가 들렸다. 하늘의 변화는 더욱 놀라웠다. 남서쪽에서 짙은 먹구름 떼가 일기 시작했지만, 아직 구름 사이사이로 햇살이 내리비쳤다. 먹구름 떼는 여기저기서 아직 맑은 하늘 쪽으로 점점 세를 뻗어가고 있었다. 위협적인 비구름이 아주 빠르게 임박해 오고 있었다. 바라보는 그 짧은 동안에도 태양은 구름에 완전히 가려졌다. 당장이라도 폭풍우가 아로스에 휘몰아칠 것 같았다.

갑작스럽게 변화하는 하늘에서 눈을 떼지 못하고 있는데, 먹구름이 순식간에 만에 도달해서 잠시 후에는 나의 발아래도 어두워졌다. 방금 올라온 언덕 아래로 작은 언덕들이 계단식으로 있었고 그 너머에는 모래사장과 산다그만 전체가 펼쳐졌다. 전에도 종종 내려다보던 광경이었지만 거기에서 사람의 모습을 본 적이 없었고 조금 전 뒤돌아섰을 때도 텅 비어 있었기에, 작은 배 한 척과 남자들이 보이는 게 환상인가 싶었다. 배는 절벽 옆에 있었다. 남자 둘은 모자를 쓰지 않고 소매를 걷어 올린 상태였다. 그중 한 명이 갈고리 장대를 갖고 배를 정박시키려고 애를 쓰는 중이었지만 조류가 시시각각으로 거세져서 힘들어 보였다. 조금 떨어진 바위 턱에는 검은색 옷을 입은 남자 둘이 있었다. 상급자로 보이는 이 둘은 머리를 맞대고 뭔가 하고 있었다. 처음에는 무엇을 하는지 알 수 없었지만, 나침반으로 주위 형세를 살피는 중이었다. 바로 그때 한 사람이 종이를 펼치고 손가락으로 어딘가를 짚었다. 지도에서 지형을 확인한 것 같았다. 그동안 세 번째 사람이 이리저리 다니면서 절벽 사이도 가 보고 절벽 끝으로 가서 바다를 내려다보기도 했다. 나는 깜짝 놀라 그들을 지켜보았지만 무슨 일이 일어나고 있는 건지 이해할 수 없었다. 이때 세 번째 사람이 갑자기 몸을 구부리더니 큰 소리로 동료들을 불렀다. 얼마나 크게 불렀는지 언덕에 있는 내 귀에도 들릴 정도였다. 나머지 사람들이 나침반도 떨어뜨리면서 황급히 그에게 달려갔다. 그들은 내가 놓아둔 다리뼈와 구두 버클을 돌려 보면서, 놀랍고 흥미롭다는 듯 유별난 몸짓을 했다. 바로 그때 배에 있는 선원들이 큰 소리를 외쳤고, 그들은 서쪽 하늘을 가리켰다. 먹구름 떼가 더욱 빨리 하늘을 검게 뒤덮고 있었다. 다른 사람들은 의논을 하는 것 같았다. 하지만 위험을 감행하기에는 너무 긴급해서 그들은 내가 발견한 유물들을 갖고 급히 배에 올라타서는 전속력으로 노를 저어서 만을 빠져나갔다.

나는 더 고심하지 않고 몸을 돌려 집으로 달려갔다. 그 사람들이 누구든, 아저씨에게 바로 알리는 것이 좋을 것 같았다. 자코바이트가 공격하기에 너무 늦은 시간도 아니었고, 어쩌면 내가 봤던 상급자 세 명 중의 하나가 아저씨가 아주 싫어하는 찰리 왕자였을지도 몰랐다(자코바이트는 명예혁명으로 폐위된 제임스 2세의 지지자들이다. 제임스 2세는 폐위된 후 프랑스로 달아나고 영국은 입헌군주국이 된다. 이후 왕위는 제임스 2세의 장녀인 메리 2세와 사위 윌리엄 3세의 공동 통치, 제임스 2세의 차녀인 앤 여왕으로 이어진다. 두 여왕에게 자손이 없자 자코바이트는 명예혁명의 정당성에 이의를 제기하고 두 여왕의 이복동생인 제임스와 그 아들 찰스 에드워드 스튜어트가 왕위를 요구한다. 찰리 왕자라 불린 찰스 에드워드 스튜어트는 봉기를 일으켜 한때 스코틀랜드를 장악하고 이곳에 피신해 있다가 실패 후 프랑스로 몰래 달아난다 – 역주). 그러나 바위에서 바위로 뛰어넘으며 달려가는 동안, 이 가설은 말도 안 된다고 생각하게 되었다. 나침반, 지도, 버클로 인해 생긴 관심, 낯선 사람 중에 물속을 자주 들여다보던 사람의 행동, 이 모든 것은 그들이 서해의 알려지지 않은 외딴섬에 나타난 이유가 따로 있음을 가리키는 것 같았다. 마드리드 역사학자, 로버트슨 박사가 맡긴 조사, 반지를 끼고 턱수염이 있는 낯선 사람, 그날 아침 산다그만의 바닷속에서 내가 했던 소득 없는 수색까지, 내 머릿속에서 하나씩 퍼즐이 맞춰졌다. 이 낯선 사람들은 무적함대에서 이탈하여 침몰한 배와 그 옛날 보물을 찾고 있는 스페인 사람들임이 분명했다. 그러나 아로스처럼 외딴섬에 사는 사람들의 안전은 자기 스스로가 챙겨야 했다. 보호해 주거나 도와줄 다른 사람들이 근처에 없기 때문이었다. 그런 곳에 가난하고 탐욕스러운 무법자일 가능성이 높은 외국인 모험가들이 나타난 것이다. 당연히 아저씨의 재산은 물론 그 딸의 안전이 너무나 걱정될 수밖에 없었다. 숨을 헐떡이며 아로스 정상에 도착했을 때도 나는 그들을 어떻게 처리해야 할지 고민하고 있었다. 온 세상이 어두워졌어도 아직 동쪽 끝 본토의 언덕만은 마지막 햇살을 받아 보석처럼 빛났다. 이어서 비가 내리기 시작했다. 세차게 내리지는 않았지만, 빗방울은 컸다. 바다는 순간순간 거세져서 이미 아로사와 그리사폴 해안은 하얀 포말에 둘러싸여 있었다. 낯선 이들이 탄 배는 여전히 바다를 향해 나아가고 있었다. 그런데 저 아래쪽에서 안 보이던 게 보였다. 아로스 남단에 묵직하고 멋진 대형 스쿠너(두 개 이상의 돛대에 세로 돛이 달린 범선 – 역주)가 있었다. 아침에 기상 상태를 살펴봤을 때도 이 호젓한 바다에서 배를 거의 보지 못했기 때문에, 저 배는 지난밤 무인도인 에일린 고어 뒤에 숨어 있던 게 분명했다. 그러니 그 배를 타고 온 사람들은 우리 해안을 잘 모른다는 것이 분명했다. 그 배가 정박한 곳은 보기와는 달리 배의 함정이나 마찬가지인 곳이기 때문이었다. 저 선원들이 이 거친 해안에 대해 아무것도 모른다면 다가오는 폭풍에 죽음을 맞이할 가능성도 없지는 않았다.

4장

폭풍

나는 박공벽에서 아저씨를 발견했다. 아저씨는 손가락에 파이프를 끼운 채 날씨를 살피고 있었다.

"아저씨, 산다그만 해변에 남자들이….'

나는 말을 하다 멈추었다. 사실 할 말뿐만 아니라 피곤함마저 잊었다. 고든 아저씨가 보인 반응이 너무 이상했기 때문이다. 그는 파이프를 떨어뜨리고 깜짝 놀라 입을 딱 벌린 채 벽에 기대어 쓰러졌다. 긴 얼굴이 하얗게 질려서는 허공을 노려봤다. 15초 정도 아무 말 없이 서로 바라만 보았다. 이윽고 그가 특이한 어투로 물었다. "그 사람이 털모자를 쓰고 있었냐?"

그 말에 지금 산다그만에 묻혀 있는 남자가 해변에 올 때는 털모자를 쓴 살아 있는 사람이었음을, 직접 본 것처럼 알게 되었다. 지금까지 내가 은인이자 아내로 삼고 싶은 여자의 아버지인 남자에게 참지 못하고 화를 낸 것은 그때가 유일했다.

"이들은 살아 있는 사람들이라고요. 자코바이트이거나 프랑스 인일 수도 있고, 해적 또는 스페인 보물선을 찾으러 온 모험가일 지도 모르죠. 하지만 그들이 누구든 아저씨 딸이자 내 사촌인 메리에게 위험할 수 있어요. 아저씨의 죄가 드러날까 봐 두려운 거라면 죽은 사람은 아저씨가 묻은 곳에 잘 있으니까 걱정 마세요. 오늘 아침에 그 무덤가에 있었는데, 종말을 알리는 나팔이 울릴 때까지 깨어나지 않을 거예요."

아저씨는 눈을 깜박이며 나를 쳐다보더니, 잠시 땅만 쳐다보면서 손가락을 만지작거렸다. 하고 싶은 말이 있지만 안 나오는 것 같았다.

"가 봐요. 다른 사람들도 생각하셔야죠. 같이 언덕에 올라가서 배부터 봐요."

그는 아무 말도 없이 나에게 시선도 주지 않고, 조급하게 걷는 나를 천천히 따라왔다. 기운이 다 빠진 것 같았다. 평소에는 바위들을 뛰어다녔을 텐데 지금은 힘들게 바위를 오르내렸다. 내가 아무리 큰 소리로 재촉해도 서두르는 기색이 없었다. 딱 한 번, 몸이라도 아픈 양 불만스레 "그래, 가고 있지 않냐"라고 말했을 뿐이다. 정상까지는 아직도 많이 멀었는데, 그가 불쌍하다는 생각만 들었다. 엄청나게 큰 죄를 지었다지만 이미 그에 합당하는 벌을 받는 것 같았다.

드디어 언덕 정상에 올라 주변을 둘러보았다. 사방이 어둑어둑하고 날씨가 곧 험악해질 것 같았다. 마지막 햇살도 사라졌고 바람은 세게 휘몰아쳤다. 아직 최고조는 아니었지만 몸이 휘청거릴 정도로 거셌다. 한편 비는 그쳤다. 그 짧은 사이에 파고는 아까보다 훨씬 높아져서, 수면 위 암초에 부딪혀 부서지고 아로스의 해식동굴로 밀려들며 울부짖기 시작했다. 찾아보았지만 처음에는 스쿠너가 보이지 않았다.

"저기 있어요." 내가 마침내 말했다. 그런데 아까와 위치도 다르고 배의 방향도 달라 당황했다. "파도와 맞서려는 생각은 아니겠죠?" 내가 외쳤다.

"바로 그거다." 왠지 기뻐하는 어투로 아저씨가 말했다. 그리고 바로 그때 스쿠너가 선수를 돌렸고 다시 갈지자로 나아가기 시작했다. 이제 의심의 여지가 없었다. 이 사람들은 폭풍이 임박하자 배를 조종할 수 있을지부터 생각했다. 암초 지뢰밭에서 위협적인 바람을 맞으며 강력한 조류와 맞서려고 하다가는 죽음을 맞이할 것이 분명했다.

"세상에! 다 죽겠어요." 내가 말했다.

"그래, 다, 다 죽는다. 카일 도나로 달아날 수밖에 없지. 지금 그 문으로 가지 않으면 끔찍한 악마를 뚫고 나갈 수 없다. 그렇지. 난 파당하기에 딱 좋은 밤이구나. 열두 달 사이에 두 척이라니! 아, 메리 맨이 좋아서 춤추겠구나!"

그렇게 말하는 그를 보고, 그때부터 그가 제정신이 아니라고 생각하기 시작했다. 동정이라도 구하려는 듯 나를 바라보는 그의 눈에 소심하게 기뻐하는 기색이 어렸다. 새로 닥칠 것 같은 재앙 앞에서 지금까지 일어난 일들은 다 뒷전이 되었다.

"너무 늦지 않았다면 제가 어선을 타고 가서 경고할게요." 나는 분개하여 말했다.

"아니, 아니야." 그가 반박했다. "참견하면 안 된다. 그런 일에 끼어들지 마. 그게 그분의…" 그가 말을 멈춘 뒤 보닛을 벗고 이어 말했다. "그분의 뜻이다. 그렇다, 얘야! 어쨌든 그 일에 딱 맞는 밤이다!"

무언가 두려워지기 시작했다. 그래서 아직 식사하지 않았으니 집으로 돌아가자고 했다. 하지만 그는 그 자리를 떠날 마음이 전혀 없었다.

"난 다 지켜봐야겠다, 찰리." 그가 이렇게 말했을 때, 스쿠너가 다시 방향을 돌렸다. "어, 조종 잘하는데! 크라이스트안나호는 비할 것도 아니구나."

스쿠너에 탑승한 사람들은 이미 배에 닥친 위험과 불운을 일부나마 깨닫기 시작했겠지만, 본격적인 시작은 지금부터였다. 변덕스러운 바람이 잠깐씩 진정될 때마다 그들은 조류에 밀려 순식간에 되돌아갔다. 바람에 맞서 갈지자로 나가는 방법도 효과가 별로 없어서 진행 거리가 점점 짧아졌다. 큰 파도가 높이 칠 때마다 물속의 암초들에 부딪혀 굉음과 포말이 일었다. 그때마다 부서진 파도가 선수 아래에서 어마어마한 소리를 내며 산산조각이 났고, 파도와 파도 사이로 갈색의 암초와 흐느적거리는 다시마가 보였다. 바람의 방향에 따라 배를 갈지자로 계속 몰아야 했지만, 배에 탄 사람들은 다들 허둥대느라 정신없었다. 보통의 사람이라면 아주 끔찍이 여길 광경이었다. 하지만 이성을 잃은 아저씨는 전문가인 양 흡족하게 웃으며 바라보았다. 내가 언덕을 내려가려고 몸을 돌렸을 때, 그는 아예 배를 깔고 엎드려서 손을 뻗어 히스를 붙잡았다. 그의 몸과 마음 모두 원기를 되찾은 것 같았다.

안 좋은 마음으로 집으로 돌아왔는데, 메리를 보고 더 우울해졌다. 그녀는 튼튼한 팔 위로 소매를 걷어올리고 조용히 빵을 만들고 있었다. 나는 아무 말 없이 조리대에서 빵 하나를 집어 의자에 앉아서 먹었다.

"피곤해요?" 잠시 후 그녀가 물었다.

"많이는 아니야, 메리." 나는 일어서며 대답했다. "내가 지친 건 당신이 대답을 미루기 때문이야. 아로스도 따분해졌고. 당신은 날 잘 아니까 제대로 판단하겠지. 내가 원하는 대답을 해줘. 메리, 이건 확신해도 좋아. 어디를 가든 여기보다는 좋을 거야."

"내가 확실하게 말할 수 있는 건 하나예요. 의무를 다해야 하는 곳에 있으리라는 거죠." 그녀가 대답했다.

"자신에 대한 의무는 잊었군." 내가 말했다.

"아, 그래요? 성경에 그런 말이 있다고요? 지금 찾아봐 주시죠?" 그녀가 빵 반죽을 두드리며 말했다.

"메리, 그렇게 비웃지 마." 내가 진지하게 말했다. "지금 웃을 기분이 아니야. 아저씨를 함께 모시고 갈 수 있다면 가장 좋겠지. 하지만 그것과 상관없이 당신은 여기를 떠났으면 좋겠어. 당신을 위해서, 나를 위해서. 아, 아저씨를 위해서도. 여기에서 멀리멀리 달아났으면 좋겠어. 올 때는 다른 생각이었어. 집에 돌아오는 것 같았어. 그런데 이제 모든 게 바뀌었어. 여기에서 달아나는 것 말고는 어떤 바람도 희망도 없어. 사냥꾼의 올가미에 걸린 새처럼, 이 저주받은 섬에서 달아날 생각뿐이라고."

이때쯤 그녀가 하던 일을 멈추고 말했다.

"나는 눈도 없고 귀도 없다고 생각해요? 나라고 바다에 빠진 이런 호화물품들(이렇게 부르는 아버지를, 하나님 용서하소서!)을 갖게 된 상황이 마음 아프지 않겠냐고요? 당신이 한두 시간 만에 알아낸 걸, 날이면 날마다 아버지와 같이 사는 내가 모르리라고 생각하는 건가요? 틀렸어요, 뭔가 잘못되었다는 건 나도 안다고요. 그게 뭔지는 알지도 못하고 알고 싶지도 않지만 말이에요. 간섭한다고 좋지 않은 일이 좋아질 리 없잖아요. 하지만 나한테 아버지를 떠나라는 말은 하지 말아요. 아버지가 살아계시는 한 함께 있을 거니까. 아버지도 여기에 오래 계시지는 않을 거예요. 찰리, 아버지는 오래 사시진 못할 거예요. 이마의 주름을 보면 그래요. 그게 더 나을지도 모르죠, 어쩌면."

나는 뭐라 말해야 할지 몰라 한참을 아무 말도 하지 못했다. 마침내 고개를 들고 말하려는 찰나, 그녀가 먼저 말했다.

"찰리, 나한테 좋은 게 당신한테도 좋은 건 아니에요. 이 집엔 죄가 있어요. 걱정도 있고요. 당신은 외지인이잖아요. 짐을 챙겨서 돌아가요. 그리고 더 좋은 곳, 더 좋은 사람들을 찾아서 당신 갈 길을 가세요. 그래도 돌아올 마음이 있다면 언제든 돌아오세요. 20년이 지나도 나는 이 자리에 있을 테니까."

"메리 엘렌, 난 당신한테 청혼했고, 당신은 긍정의 대답을 했지. 그걸로 족해. 당신이 어디에 있든지 나도 거기에 있을 거야. 주님께 맹세해."

내가 이 말을 했을 때, 갑자기 바람이 요란하게 몰아치더니 아로스의 집 주위에 멈춰 서서 집을 뒤흔드는 것 같았다. 다가오는 폭풍우의 서막, 첫 번째 돌풍이었다. 주위를 둘러보니 저녁이 된 것처럼 어둑어둑해져 있었다.

"하나님, 바다에 있는 불쌍한 사람들을 긍휼히 여기소서! 내일 아침까지 아버지는 안 오실 거예요." 그녀가 말했다.

그 뒤 우리가 난롯불 옆에 앉아 거센 바람 소리에 귀를 기울이고 있을 때, 그녀는 아저씨가 어떻게 이렇게 변했는지에 대하여 이야기했다. 지난겨울 내내 그는 언짢아하고 변덕을 부렸다. 루스트의 수위가 높아질 때마다, 아니 메리의 표현대로 메리 맨이 춤을 출 때마다 그는 밤에는 곶에 가서, 낮에는 아로스 꼭대기에 올라가 엎드려 몇 시간이고 요동치는 바다와 항해하는 배들을 지켜보았다. 2월 10일, 부를 가져다준 난파선이 산다그만 해변에 떠밀려 왔을 때부터 그는 이상하게 쾌활해졌다. 흥분 상태는 진정되지 않았고, 점점 음험하게 바뀌었다. 그는 일도 태만히 하고 로리가 게으름을 피워도 방치했다. 두 사람은 시간이 나면 박공벽에서 조심스러운 어투로 이야기를 나누곤 했는데, 비밀스럽고 죄스러워하는 분위기였다. 그리고 처음에는 메리가 어느 한 사람에게 질문이라도 할라치면 허둥대며 질문을 들은 체 만 체했다. 로리에게서 나룻배 주위를 맴도는 물고기 이야기를 처음 들은 이후로 아저씨는 로스 본토에 딱 한 번만 갔다. 그때도 봄이 한창 무르익고 썰물 때여서 바닷길로 걸어서 간 것이었다. 그런데 본토에 너무 오래 머무르는 바람에 돌아오는 길은 밀물이 되어 바닷길이 물에 잠겨 버렸다. 그는 좁은 해협을 건너면서 너무 괴로워했고, 집에 도착해서도 극심한 공포감에 떨었다. 그 후로 이야기를 할 때나 기도할 때는 물론, 말하지 않을 땐 표정에서도 바다에 대한 공포가 보였고 바다에 관한 생각을 떨치질 못했다.

저녁 식사 시간이 되자 로리가 혼자 들어왔다. 잠시 후 아저씨도 모습을 보였다. 겨드랑이에 병 하나를 끼고, 주머니에 빵을 넣고는 다시 배를 감시하러 떠났다. 이번에는 로리가 그 뒤를 따라 갔다. 듣기로는 스쿠너가 파도에 밀려 자꾸 후퇴하고 있지만 선원 들은 어찌할 도리 없이 모든 방법을 동원하여 여전히 분투 중이라 고 했다. 그 소식에 나는 우울한 마음뿐이었다.

해가 지고 강풍은 최고조에 달했다. 어찌나 거센지 여름에도, 겨울에도 겪어보지 못한 강풍이었다. 메리와 나는 난롯불을 사이에 두고 말없이 앉아 있었다. 머리 위로 집이 흔들리고, 밖에서는 폭풍우가 사납게 날뛰었다. 난로에서는 빗방울 소리에 맞추어 불꽃이 탁탁 튀었다. 우리는 멀리 떨어진 스쿠너에 탄 불쌍한 사람들, 집을 떠나 곳에 가 있지만 전혀 슬프지 않은 아저씨를 생각하며 상념에 잠겼다. 하지만 바람이 박공에 정면으로 세게 불어닥치거나 갑자기 덮쳤다가 물러나서 난롯불의 불꽃이 튀어 오를 때면 가슴이 철렁 내려앉고 정신이 퍼뜩 들었다. 이제 폭풍은 분노에 찬 레비아탄처럼 울부짖으며 지붕의 네 귀퉁이를 강력하게 잡고 흔들었다. 바람이 잠시 소강상태에 접어들었지만, 약해진 회오리 바람이 실내로 들어와 앉아 있는 우리 사이로 지나갈 때는 몸서리가 나고 머리카락이 쭈뼛 섰다. 얼마 후 다시 거세진 바람은 굴뚝에서는 낮게 윙윙거리고, 집 주위에서는 플루트처럼 부드럽게 흐느끼면서 우울한 합주를 했다.

8시쯤 되었을까. 로리가 들어와 나를 은밀하게 문으로 데려 갔다. 아저씨가 충실한 동료마저 쫓아버린 모양이었다. 아저씨의 과격한 행동에 불안해진 로리는 나에게 함께 나가서 감시해달라 고 청했다. 나는 요청받은 대로 서둘렀다. 두렵고 무서운 데다 밤 이라 더 긴장해서, 나 자신도 안절부절못하고 조치를 취해야겠다고 생각하던 차라 즉시 준비했다. 나는 메리에게 아저씨를 지켜줄 테니 놀라지 말라고 했다. 그리고 타탄체크 모포로 몸을 따뜻하게 감싼 뒤에 로리를 따라나섰다.

한여름을 조금 지났을 뿐인데 1월의 밤처럼 컴컴했다. 황혼과 칠흑 같은 어둠이 번갈아 나타났는데, 무섭고 두려운 하늘에서 왜 이런 현상이 일어나는지는 알 수 없었다. 바람이 거세서 숨쉬기도 힘들었다. 하늘 전체가 거대한 돛이 되어 머리 위에서 펄럭이며 천둥소리를 내는 것 같았다. 폭풍이 잠시 소강상태가 되었을 때도 멀리서 강풍이 무섭게 휘몰아치는 소리가 들렸다. 바다와 마찬가지로 로스의 저지대에도 사나운 바람이 부는 게 분명했다. 벤 키아우 정상에서 벌어지고 있는 소란에 대해서는 오직 신만이 알 것이다. 물보라인지 비인지 모를 물방울이 바람에 날아와 얼굴을 덮쳤다. 끊임없이 울리는 천둥소리와 함께 파도가 아로스 섬 주변의 모든 암초와 해변을 휩쓸었다. 그리고 이렇게 정신없이 소란한 소리들 너머로 변화무쌍한 루스트 소리와 메리 맨의 간헐적인 울림소리가 들렸다. 바로 그 순간, 그곳들이 그런 이름으로 불리게 된 이유를 실감했다. 그곳에서 나는 시끄러운 소리가 그 밤의 다른 소음들을 압도하고 거의 유쾌하게 들렸기 때문이다. 유쾌하기까지는 않더라도 쾌활함이 스며든 소리였다. 아니 심지어는 사람 목소리처럼 들리기도 했다. 야만인들이 술에 취해 이성을 잃고 말도 못 하면서 광기에 휩싸여 고함만 지르는 것처럼, 내 귀에는 그 밤, 이 죽음의 파도가 아로스 옆에서 소리치는 것처럼 들렸다.

나는 로리와 팔짱을 끼고서 맞바람을 맞으며 비틀거리면서도 한 걸음씩 나아갔다. 젖은 풀에 미끄러지기도 하고 바위에서는 함께 발라당 넘어지기도 했다. 우리가 멍들고 흠뻑 젖은 채로 기진맥진하여 숨을 헐떡이면서 루스트가 내려다보이는 곳에 도착하기까지는 30분 정도 걸린 것 같았다. 그곳에는 아저씨가 좋아하는 전망대가 있었다. 바로 앞의 가장 높고 깎아지를 듯한 절벽에는 방어벽처럼 흙이 두둑하게 쌓인 둔덕이 있어 바람을 막아준다. 여기에 조용히 앉으면 저 아래의 조수와 미친 듯이 굽이치는 파도를 볼 수 있었다. 집 창가에서 소란스러운 거리를 내려다볼 때처럼, 이 초소에서는 높이 솟았다가 낙하하는 메리 맨이 보였다. 물론 이런 밤에는 바닷물이 거칠게 소용돌이치고, 부서지는 파도 소리에 귀청이 떨어질 것 같고, 높이 솟았던 포말이 순식간에 훅 꺼져버리는 암흑세계가 자세히 보였다. 지금까지 이렇게 거친 메리 맨은 보지 못했다. 격렬하게 높이 솟아올랐다가 순식간에 사라지는 회오리 기둥이 얼마나 높은지 말로는 형용할 수 없었다. 어둠 속에서 하얀 물기둥은 절벽에 있는 우리 머리보다도 높이 솟자마자 유령처럼 사라졌다. 한 번에 세 개가 솟았다가 사라지기도 했고, 강풍에 휩쓸려서 우리한테 엄청난 물보라가 떨어지기도 했다. 그러나 나는 그 광경을 보고 위력적인 힘에 감동하지 않고 미친 듯이 날뛴다는 생각만 들었다. 정신을 차릴 수 없을 정도로 너무 시끄러워서 다른 생각은 전혀 할 수 없었다. 머릿속이 들뜨고 텅 빈 것이 거의 미친 거나 진배없었다. 음악에 맞추어 춤을 추듯이 가끔 나 자신이 메리 맨을 따라 몸을 흔들기도 했다.

아직 몇 미터 남았고 캄캄한 밤이었지만, 일시적으로 힐끗힐끗 나타나는 황혼 사이로 아저씨의 모습이 보였다. 그는 둔덕 뒤에 서서 고개를 뒤로 젖히고 병을 입에 대고 있었다. 우리를 보고는 병을 내려놓고 한 손을 머리 위로 흔들며 아는 척을 했다.

"술 드셨어요?" 내가 로리에게 소리쳤다.

"바람이 불 때마다 항상 취해 있어요." 로리도 똑같이 소리 쳤다. 그래야 상대의 소리가 들렸다.

"그러면 2월에도 그랬어요?" 내가 물었다.

로리가 "네"라고 대답해서 기분이 나아졌다. 그렇다면 살인 이 냉정하게 계획된 행위가 아니었다는 것이다. 광기에서 비롯한 행동이라 유죄 선고를 받아도 경감받을 수 있을 것이다. 아저씨 는 위험한 광인일 수는 있어도, 걱정했던 것만큼 잔인하고 저열 한 인간은 아니라는 뜻이기도 했다. 하지만 어쨌든 이 불쌍한 사 람은 술을 진탕 마시고서 믿기 힘든 악행을 저질렀다. 나는 항상 술에 취하는 것을 인간적인 위안거리가 아니라 난폭하고 두려움 에 가까운, 악마적인 쾌락이라고 생각했다. 그러나 아저씨는 술에 취해 여기 파도 소리가 요란한 캄캄한 야외에서, 그것도 저 지옥 의 바다가 내려다보이는 절벽 끝에서 루스트처럼 어찔어찔한 머 리로, 죽음의 문턱에서 비틀거리며 두 귀로 난파선의 조짐을 살피 고 있었다. 다른 사람들은 할 수 있어도, 저주만 생각하고 불길한 미신을 무서워하는 아저씨 같은 사람에게는 사실상 불가능한 일 이었다. 그렇지만 그는 그렇게 했다. 우리는 안전한 뒤쪽으로 가서 다시 숨을 돌렸다. 그때 아저씨의 눈빛이 사악하게 번쩍였다.

"아, 찰리, 정말 대단하구나! 봐라!" 그가 큰 소리로 외치며 깊 은 바다의 경계로 나를 끌고 갔다. 그 아래에서 귀청이 터질 것처 럼 요란한 소리와 물보라가 일고 있었다. "저기 파도가 춤추는 걸 봐라. 굉장하지 않나?"

그가 신이 나서 말했는데, 그 광경에 어울린다고 생각했다.

"파도가 스쿠너를 향해 외치고 있다." 그가 계속 말했다. 둑 안쪽 안전한 곳이라 그런지 광기 어린 가는 목소리도 잘 들렸다. "배도 점점 가까이 오고 있다. 그래 조금씩, 점점, 점점. 저들도 알고 있다. 알고 있고말고. 이제 바다와 함께 할 것임을 잘 알고 있어, 찰리. 스쿠너에 있는 저놈들 다 취했다. 열 명 정도 있는데 다 취했어. 저기 크라이스트안나 놈들도 다 취했었다. 바다에 빠져 죽는 놈 중에 브랜디 안 마신 놈은 없다. 바보 같으니. 네가 뭘 알겠냐?" 갑자기 불같이 화를 냈다. "내가 말하는데, 그럴 리 없다. 브랜디도 안 마시고 빠져 죽을 리는 없다. 너도 마셔라." 그러고는 술병을 내밀었다.

처음에는 거절하려고 했지만, 로리가 경고하듯이 나를 툭 쳤다. 사실 받아 마시는 게 낫겠다고 생각하던 참이었다. 그래서 병을 받아 거침없이 마시고, 그보다 더 많은 양을 일부러 흘렸다. 술은 희석되지 않은 원액이어서 목이 타는 것 같았다. 아저씨는 버려지는 술은 보지 못하고, 다시 고개를 젖히고 한 방울도 안 남기고 다 마셔버렸다. 그리고 크게 웃으며 병을 메리 맨으로 던지며 소리쳤다. 메리 맨이 소리치며 뛰어올라 병을 받아내는 것 같았다.

"옜다! 선물이다. 아침까지 더 좋은 선물은 없을 거다."

그 순간, 캄캄한 밤의 바람이 잠잠해지면서 200미터도 안 떨어진 곳에서 갑자기 사람 목소리가 들렸다. 하지만 바로 바람이 울부짖으며 휘몰아치고, 루스트가 다시 노호하며 거품을 일으키고 격렬하게 춤을 추었다. 그러나 우리는 분명 그 소리를 들었다. 배가 난파되기 직전에 선장이 내린 마지막 명령이었다. 우리는 절벽 끝에 함께 웅크리고서 잔뜩 긴장한 채 피할 수 없는 최후의 순간을 기다렸다. 하지만 우리는 한참을 기다려야 했다. 그 순간은 영원히 오지 않을 것 같았다. 그러던 찰나 갑자기 하얀 포말을 배경으로 검은 윤곽의 스쿠너가 어렴풋이 보였다. 돛의 아래 활대가 갑판에 무겁게 떨어지고 접힌 돛이 풀어져 펄럭이는 가운데, 키를 잡고 고투하고 있는 남자의 형상도 보였다. 그러나 그 모습은 번개보다도 빠르게, 순식간에 사라졌다. 뒤에서 하얀 포말을 뿜던 파도가 덮쳐 영원히 삼켜버렸기 때문이다. 죽어가는 사람들의 비명소리가 뒤섞여 들렸지만, 그마저도 메리 맨의 노호에 묻혀버렸다. 비극은 그렇게 끝났다. 온갖 장비를 다 갖춘 튼튼한 범선, 선실을 여전히 밝히고 있었을 램프, 누군가에게는 너무 소중하고 하늘 같은 존재였을 그 많은 사람의 목숨이 한순간 높이 솟아오른 파도 속으로 모두 사라져 버렸다. 그들은 완전히 사라졌다. 바람은 여전히 요란하게 휘몰아쳤고, 무심한 루스트의 파도도 전과 다름없이 솟아올랐다가 꺼졌다.

우리 셋은 아무 말도 없이 그 자리에 그대로 엎드려 있었다. 얼마나 있었는지 알 수 없지만 꽤 오랜 시간이었던 것 같다. 드디어 한 명씩 기계적으로 일어나 안쪽의 안전한 곳으로 기어갔다. 너무 비참한 마음을 추스르지 못하고 둔덕에 기대어 누웠는데, 기분이 바뀌어 침울해진 아저씨가 두서없이 혼자 중얼대는 소리가 들렸다. 이제 그는 술에 취해 넋두리를 되풀이했다. "참 치열했다. 끔찍한 싸움이었어. 불쌍한 놈들. 불쌍한 놈들!" 그리고 그는 "모두 좋은 장비였는데"라며 한탄했다. 배가 해변으로 밀려오지 않고 메리 맨 속으로 가라앉았기 때문이었다. 그의 횡설수설 속에서 우리를 오싹하게 만든 이름, 그리이스트안니가 여러 번 오르내렸다.

이제는 폭풍이 빠르게 가라앉고 있었다. 30분 만에 바람은 산들바람으로 약해졌지만, 그 대신 차가운 폭우가 쏟아졌다. 그때 잠이 들었던 것 같다. 깨어보니 벌써 아침이었다. 흠뻑 젖은 온몸이 뻐근하고 기운이 없었다. 우울하고 축축하고 불쾌했다. 바람은 약했으나 가끔 종잡을 수 없었다. 바다는 썰물 때라 루스트의 수위도 계속 낮아져서, 광포했던 지난밤을 알려 주는 것은 아로스 해안을 때리는 강한 파도밖에 없었다.

5장

바다에서 온 남자

　로리는 몸도 따뜻하게 녹이고 아침 식사도 하기 위해 집으로 갔지만, 아저씨는 아로스 해변을 살필 작정이었다. 나는 도리상 그와 끝까지 함께 해야겠다고 생각했다. 지금 그는 유순하고 조용했지만, 몸과 마음 모두 떨리고 지친 상태였다. 그래도 계속 탐색하고 싶은 마음이 어린아이처럼 아주 간절했다. 그는 바위에서 아래로 기어 내려오기도 하고, 해변에서 물러가는 파도를 뒤쫓아 가기도 했다. 그의 눈에는 부서진 판자나 밧줄 조각 따위도 목숨을 걸고 지켜야 할 보물이었다. 기운이 없어서 비틀거리면서도 파도를 쫓아가거나 해초 때문에 미끈거리는 바위틈에 빠져서 허우적대는 그를 보면서 계속 조마조마했다. 나는 옆에서 여차하면 부축할 채비를 하고 옷자락도 잡아주면서 아저씨를 도와 다시 밀려오는 파도 너머에서 사소한 물건들을 발견해서 건져냈다. 보모가 아이 일곱 명을 데리고 다녀도 이렇게 힘들지는 않을 것이다.

하지만 전날 밤 광기 어린 행동 때문에 기운이 빠지긴 했어도 그의 천성적인 열정은 뜨거웠다. 당장은 억눌러놨다지만, 바다를 무서워하는 마음 역시 줄어들지 않았다. 그러나 바다가 활활 타는 불바다였다 해도, 그가 겁먹고 몸을 사리는 일은 없었을 것이다. 하지만 발이 미끄러져서 웅덩이에 다리가 절반까지 빠졌을 때는 영혼 깊은 곳에서부터 죽을 것처럼 비명을 질러댔다. 그러고는 한 동안 개처럼 헐떡이며 가만히 앉아 있었다가 난파선에서 탈취할 물건들에 대한 욕망이 다시 한번 두려움을 이겼다. 아저씨는 엉겨 있는 바다 거품 사이에서 비틀거렸고, 거품이 붙어 있는 바위들 위로 기어다녔다. 땔감으로나 쓸 부목을 찾는 데 온통 정신이 쏠려 있는 것 같았다. 그리고 찾아낸 물건들에 흡족해하면서도 운이 없다고 끊임없이 투덜댔다.

"아로스는 난파선 잔해가 오기 힘든 곳이다. 못 오지. 내가 여기에서 이리 오래 살았는데, 이번이 두 번째야. 좋은 건 다 가라앉았지만!"

"아저씨, 어젯밤에요, 취하셨잖아요. 그런 모습은 상상도 못 했어요." 내가 말했다. 우리가 있는 곳은 훤히 트인 백사장이어서 그가 관심을 둘만 한 것이 없었다.

"아니, 아니야. 술이 그렇게 나쁘지는 않다. 사실 술을 마시기는 한다. 그런데 고쳐지질 않는구나. 평소에는 세상 멀쩡한데, 바람이 귓전을 울리면 미친 것처럼 밖으로 나가야만 한다."

"독실한 신자시잖아요. 이건 죄악이에요." 내가 대답했다.

"아, 그게 죄가 아니라 해도 내가 이렇게 될 줄은 몰랐다. 너도 알다시피 이건 도전이다. 바다에는 옛날부터 내려오는 죄가 있다.

도저히 좋게 볼 수 없는 이교의 죄지. 그런데 바다가 거칠어지고 바람이 끊임없이 불어서(나는 바람과 바다가 한배에서 나왔다고 본다) 저 야생마 같은 메리 맨이 날뛰기 시작하면, 불쌍한 죽은 영혼들이 난파선과 함께 밤새도록 싸운다. 마법에 걸린 것처럼 그 생각에서 빠져나오질 못하는 거야. 그래, 나는 악마다. 나도 알아. 불쌍한 선원들에 대해서는 생각도 안 한다. 나는 바다와 함께 있고, 메리 맨의 주인인 바다의 사람이나 마찬가지다."

그 순간 그를 제어해야겠다는 생각이 들어서 바다 쪽으로 몸을 돌렸다. 파도가 해변을 향해 하얗게 밀려오다가 모래 위에서 허물어지며 뒤로 물러가기를 끊임없이 반복했다. 짠바람, 겁먹은 갈매기, 넓게 퍼져서 밀려드는 바다의 군마들이 아로스를 공격하기 위해 한데 모인 것처럼 서로에게 울부짖었다. 그러나 아무리 많이, 거세게 밀려와도 바로 앞에 있는 평평한 백사장의 선은 넘지 못할 것이다.

"여기까지 오고 더 넘어가지 못하리니(욥기 38장 11절 - 역주)." 나는 이어서 예전에 파도 소리에 맞추어 자주 암송했던 성경 구절을 최대한 엄숙하게 암송했다.

"높이 계신 여호와의 능력은 많은 물소리와 바다의 큰 파도보다 크나이다(시편 93편 4절 - 역주)."

"그래, 최후에는 주님이 승리하실 거다. 나도 의심하진 않는다. 하지만 여기 땅에서는 어리석은 인간들이 주님께 도전하는구나. 정말 어리석은 짓이지. 그건 눈의 자랑이자 삶의 욕망이요, 기쁨의 원천이다. 그렇다고 그게 현명하다는 말은 아니다." 아저씨가 말했다.

이때 산다그로 가는 좁은 지협을 긴너기 시작했기 때문에 나는 더 이상 말하지 않았다. 그리고 그의 이성에 호소하려는 마지막 시도는 그가 범죄를 저지른 현장에 가서 하기로 했다. 그도 그 주제에 대해 더 이야기하지 않았고, 내 옆에서 좀 안정된 걸음으로 그냥 걸었다. 내 요구가 일종의 자극제가 되었는지 쓸모없는 잡동사니 표류물 찾기는 잊은 것처럼 보였다. 대신에 심오하지만 우울하고 마음을 뒤흔드는 생각들이 꼬리를 물고 이어지는 것 같았다. 우리는 3~4분 만에 언덕 꼭대기에 오른 뒤 산다그를 향해 내려가기 시작했다. 난파선은 바다에서 마구 부침浮沈을 당해서 선수가 돌아가면서 아래로 쳐진 상태였다. 어쩌면 선미가 약간 위로 받쳐진 것일 수도 있었다. 왜냐하면 두 부분은 바닷가에 완전히 따로 놓여 있었기 때문이다. 이윽고 우리는 무덤에 다다랐다. 나는 그 자리에 서서 그 쏟아지는 비에도 모자를 벗고는 아저씨의 얼굴을 바라보며 이야기했다.

"한 남자가 하나님의 섭리로 죽을 위험에서 간신히 탈출했어요. 그는 가난하고 헐벗었으며 온몸이 젖고 피곤한 이방인이었죠. 아저씨에게 동정과 도움을 청할 이유가 충분했다고요. 그 남자는 세상의 소금이었을 수도 있어요. 신앙심이 두텁고 세상에 도움이 되고 친절한 사람이었을 수도요. 아니면 지은 죄가 많아 죽음은 고통의 시작에 불과한 사람이었을 수도 있고요. 아저씨, 하늘의 시각에서 여쭐게요. 고든 다너웨이, 그리스도께서 대신 돌아가시고 살린 그 남자는 어디 있습니까?"

마지막 말에 그가 깜짝 놀라는 모습이 눈에 보였다. 하지만 대답은 하지 않았고 얼굴에 막연한 경각심만 드러났을 뿐이었다.

"아저씨는 제 아버지와 형제지간이죠. 아저씨 집을 아버지 집처럼 생각하라고 하셨어요. 우리 둘 다 하나님 앞에서는 죄와 위험을 안고 사는 죄인입니다. 하나님은 우리의 죄를 통해 우리를 선함으로 이끄시지요. 감히 말씀드리는데, 우리가 죄를 짓는 것은 그분이 우리를 시험해서가 아니라 그분의 허락하에 이루어지는 것입니다. 잔인한 사람이 아니라면 우리는 모두 죄를 지으면서부터 지혜로워집니다. 하나님께서는 이 죄를 통해 아저씨께 경고하셨어요. 그리고 여전히, 우리 발아래의 피 흘린 무덤을 통해 경고하십니다. 회개도 하지 않고 개선되지도 않고 그분께 돌아가지도 않는다면, 중요한 심판 외에 그분께 무엇을 구할 수 있을까요?"

내가 이렇게 말하는 동안에도 아저씨는 내 얼굴을 보지 않고 다른 곳으로 시선을 돌렸다. 그의 표정이 형언할 수 없게 바뀌었다. 몸집이 줄어든 것 같았고 안색은 파리해졌다. 그는 떨리는 한 손을 들어 올려 내 어깨 너머를 가리켰다. 그러고서 전부터 종종 입에 올리던 이름을 또다시 입에 올렸다. "크라이스트안나!"

나는 뒤를 돌아보았다. 아저씨만큼은 아니지만 (감사하게도 그럴 이유가 없었으니까) 그래도 눈앞의 광경에 깜짝 놀랐다. 난파선 선실에 남자의 형상이 있었다. 그는 우리를 등지고서 눈 위에 손 그늘을 만들고 바다를 살피는 듯했다. 바다와 하늘을 배경으로 우뚝 선 그는 대단한 거구였다. 나는 미신을 믿지 않는다고 수도 없이 말했지만, 죽음과 죄에 관한 생각에 몰두해 있던 때라 바다에 둘러싸인 외딴섬에 하늘에서 뚝 떨어지듯 나타난 이방인 때문에 거의 공포에 가까울 정도로 소스라치게 놀랐다. 그토록 혹독했던 밤을 지낸 아로스 해안에 살아 숨 쉬는 사람이 상륙하는 것은 거의 불가능해 보였다. 게다가 사방 몇 킬로미터 내의 유일한 선박이 메리 맨에서 침몰하는 것을 직접 목격까지 했다. 도저히 의심을 떨쳐버릴 수 없었고 참을 수 없을 만큼 불안해져서 그 형상이 진짜 사람인지 아닌지 확인하기 위해 앞으로 나아가 소리를 질렀다.

그 남자가 뒤돌아서 우리를 보기 시작했다. 그래서 바로 용기를 내어 가까이 오라고 손짓도 하고 소리도 쳤다. 그는 바로 모래로 내려와, 멈칫멈칫 주저하면서 천천히 우리 쪽으로 다가오기 시작했다. 그 남자가 불안해할 때마다 나는 점점 자신감이 생겼다. 나는 아까처럼 머리와 손으로 그의 용기를 돋우면서 한 걸음 더 나아갔다. 그 조난자는 우리 섬이 낯선 사람들에 대해 그다지 호의적이지 않다는 소문을 들은 게 분명했다. 실제로 당시 북쪽 지방 사람들에 대한 평판은 좋지 않았다.

"세상에, 흑인이에요!" 내가 말했다.

바로 그 순간, 너무 작아서 알아듣기 힘들었지만 아저씨가 하나님의 이름으로 저주하며 기도하는 소리가 들렸다. 돌아보니 그는 괴로운 얼굴로 무릎을 꿇고 있었다. 조난자가 걸음을 내디딜 때마다 아저씨의 목소리는 높아졌고 기도도 유창해지고 열렬해졌다. 하나님을 향한 호소였기에 기도라고 하긴 했지만, 피조물이 창조주께 그런 폭언과 말도 안 되는 소리를 늘어놓은 적은 일찍이 없었을 것이다. 기도도 죄일 수 있다면 이 미친 듯한 장광설은 분명 큰 죄였다. 나는 아저씨한테 달려가서 어깨를 붙잡고 강제로 일으켰다.

"조용히 하세요. 행동은 아니더라도 말이나마 하나님께 경의를 표해야죠. 여기, 바로 아저씨의 범죄 현장에서 주님이 속죄의 기회를 주신 거라고요. 가서 그 기회를 기쁘게 받으세요. 자비를 구하며 떨고 있는 저 피조물을 아버지처럼 맞이해 주세요."

그 말을 하면서 흑인을 향해 가라고 그를 밀었지만, 그는 내 손을 뿌리치면서 나를 넘어뜨리고 재킷도 벗어버리고서 아로스 꼭대기를 향해 사슴처럼 도망쳤다. 비틀거리며 일어나 보니 멍든 곳이 있었다. 하지만 그보다는 이게 무슨 일인가 어안이 벙벙했다. 난파선에서 내가 있는 곳까지 절반쯤 왔던 흑인도 놀라서 멈춰 섰다. 아마 겁이 났을 것이다. 바위들을 건너 뛰어간 아저씨는 이미 저 멀리 달아났다. 나는 어떻게 해야 하나 잠시 갈등하다가 해변에 있는 불쌍한 조난자가 먼저라고 판단했다(이 판단이 옳기를!). 적어도 그의 불행은 그의 잘못이 아니었다. 게다가 나는 분명 도움을 줄 수 있었다. 그때쯤 나는 아저씨를 고칠 수 없는 우울증을 앓는 미치광이로 여기기 시작했다. 나는 흑인에게 다가갔다. 그는 팔짱을 끼고 내가 다가오기를 기다렸다. 어느 쪽이든 운명을 받아들일 각오를 한 사람 같았다. 내가 가까이 다가가자 그는 목사가 설교할 때처럼 위엄 있게 손을 내밀고 말을 했다. 하지만 하나도 알아들을 수 없었다. 나는 처음에는 영어로, 다음에는 게일어로 말을 걸어봤지만 소용없었다. 따라서 표정과 몸짓으로 소통해야 했다. 그런 까닭에 나는 그에게 따라오라는 몸짓을 했고, 그는 폐왕처럼 침통하게 예의를 표하고 나를 따라왔다. 그렇게 하는 내 내 표정은 전혀 변하지 않았다. 기다리면서 불안해하지 않았고 안심했을 때도 안도하는 기색이 없었다. 그가 노예라면 자기 나라에서는 높은 신분이었다가 잡혀 온 것이리라 생각했다. 그만큼 그의 태도는 감탄할 만했다. 무덤 옆을 지나갈 때 나는 잠시 멈춰 서서 두 손을 들고 하늘을 쳐다보며 죽은 이에게 경의와 슬픔을 표했다. 그러자 그는 화답하듯이 고개를 숙이고 두 손을 넓게 펼쳤다. 내가 보기에는 이상했으나 그에게는 익숙한 동작인 듯해서 그의 나라에서 하는 의식이라고 생각했다. 그리고 그는 언덕에 웅크리고 있는 아저씨를 가리키고는 자기 머리에 손을 갖다 대며 그가 미쳤다는 뜻을 전했다.

나는 해안을 멀리 돌아가는 길을 택했다. 섬을 가로지르다가 아저씨를 흥분시킬까 봐 걱정되었기 때문이다. 함께 걸으면서 극적인 동작의 소통으로 의심스러운 점을 해소할 수 있었다. 바위에서 잠깐 멈추었을 때는 전날 보았던 산다그에서 나침반으로 위치를 확인하던 남자의 행동을 흉내 내었다. 내 행동을 바로 이해한 흑인은 나처럼 손짓으로 그 배가 있는 곳을 알려 주었다. 스쿠너의 위치를 가리키는 것처럼 바다 쪽을 가리킨 뒤 바위 끝을 따라 내려가면서 "에스피리토 산토"라고 말했다. 발음은 이상했지만 알아들을 수는 있었다. 내 짐작이 맞았다. 역사 탐구라는 명목하에 이루어진 보물찾기였다. 로버트슨 박사를 이용한 남자는 봄에 그리사폴을 찾아왔던 외국인과 같은 사람이었고, 이번에는 다른 사람들과 함께 와서 아로스의 루스트에서 수장되었다. 그들은 탐욕에 이끌려 여기에 와서 영원히 묻히게 되었다. 흑인은 계속 몸짓으로 그 상황을 설명했다. 선원이 되어 다가오는 폭풍우를 지켜보듯이 하늘을 쳐다보았고 다른 사람들에게 배에 오르라고 손을 흔들기도 하고, 관리가 되어 절벽을 따라 달리다가 배에 들어가기도 했다. 그리고 다급한 사공이 되어 몸을 구부려서 노를 젓는 시늉도 했다. 모든 동작이 진지해서 미소 짓는 건 생각도 못 했다. 마지막으로 자신은 직접 난파선을 살펴보러 나오게 되었고, 그 때문에 애석하게도 자기만 살아남게 되었다고 설명했다. 그 후에는 다시 팔짱을 끼고 운명을 받아들이는 사람처럼 고개를 숙였다.

이렇게 해서 갑작스러운 그의 등장에 대한 수수께끼가 풀렸다. 나는 그림을 그려서 스쿠너와 거기에 탑승한 사람들의 운명을 설명해 주었다. 그는 놀라지도, 슬퍼하지도 않았다. 그저 갑자기 손을 펼쳐서 들어 올렸는데, 주인이었는지 동료들이었는지 몰라도 같이 승선했던 사람들을 하나님의 손에 맡긴다는 뜻인 것 같았다. 그를 볼수록 대단하다는 생각이 들었다. 나는 그처럼 정신력이 강하고 성격이 침착하며 엄격한 사람을 좋아했다. 아로스의 집에 도착할 무렵에는 그의 낯선 피부색 따위는 개의치 않게 되었고 너그럽게 볼 수 있었다.

나는 가슴 아프지만, 메리에게 감추는 것 없이 모든 일을 이야기해 주었다. 하지만 내 걱정과 달리 그녀는 공정하게 판단했다.

"잘했어요. 이후에는 하나님이 알아서 하실 거예요." 이렇게 말하고 우리에게 고기 요리를 내주었다.

나는 배를 채우자마자 로리에게 아직 식사 중인 조난자를 지켜봐달라고 말한 뒤 다시 아저씨를 찾으러 나갔다. 멀지 않은 곳에서 찾을 수 있었다. 이번에도 아저씨는 언덕 꼭대기에, 어제와 똑같은 자세로 앉아 있었다. 앞서 말했듯 거기에서 내려다보면, 지도를 펼쳐 보는 것처럼 아로스와 인근 로스의 대부분 지역을 볼 수 있었다. 그가 사방을 훤히 보고 있는 것은 분명했다. 내가 첫 번째 오르막을 다 오르기도 전에 벌떡 일어나 나를 향해 몸을 돌렸기 때문이다. 나는 평소 저녁 식사를 하라고 부르러 올 때처럼 큰 소리로 그를 불렀다. 그는 크게 반응하지 않았다. 나는 좀 더 가까이 가서 다시 말해봤지만 마찬가지였다. 하지만 내가 또 가까이 가기 시작하자, 그는 다시 광기 어린 두려움에 휩싸였다. 그래서 여전히 아무 말 없이 나를 피해 엄청난 속도로 바위가 많은 언덕 너머로 달아나기 시작했다. 한 시간 전만 해도 그는 쓰러지기 직전이었고 나는 그에 비해 기운이 있었다. 하지만 지금 광기에 들떠서 다시 힘을 얻은 그를 쫓아간다는 것은 엄두도 못 낼 일이었다. 아니 사실은 추격을 시도했다가 아저씨를 더 두렵게 만들면 사태가 더 악화할지도 모른다고 생각했다. 그러다 보니 집으로 돌아가 메리에 게 안타까운 소식을 전할 수밖에 없었다.

메리는 이전과 마찬가지로 염려스러워도 차분한 태도로 들었고, 나한테는 누워서 좀 쉬라고 했다. 그리고 어딘가에서 헤매고 있을 아버지를 찾으러 나갔다. 나는 휴식이 절실했고, 젊은 나이 였기에 고기와 잠을 마다할 이유가 없었다. 단잠을 푹 자고 깨어보 니 정오를 한참 넘긴 때였다. 아래층 부엌으로 가니 메리와 로리, 흑인 조난자가 아무 말 없이 난롯가에 앉아 있었다. 메리가 울고 있었는데, 이내 그 이유를 알게 되었다. 처음에는 그녀가, 다음에 는 로리까지 아저씨를 찾으러 나갔다. 두 사람 모두 언덕 꼭대기에 앉아 있는 아저씨를 발견했지만 아저씨는 매번 조용히 빠르게 달 아났다. 로리가 쫓아가 보려고 했지만 소용없었다. 아저씨는 광기 때문에 새로 힘이 솟았는지 바위와 바위를 껑충껑충 뛰어 넓은 골 짜기를 넘어갔다. 언덕 꼭대기를 따라 바람처럼 돌아다니고, 사냥 개에 쫓기는 토끼처럼 갑자기 방향을 홱 바꾸기도 했다. 결국 전처 럼 아로스 정상에 앉아 있는 아저씨의 모습을 끝으로 로리는 추격을 포기했다. 그런데 숨 가쁘게 추격전을 벌일 때에도, 발 빠른 로리가 잡을 뻔했을 때도 불쌍한 광인은 아무 소리도 내지 않았다. 그저 동물처럼 조용히 도망치기만 했다. 그리고 이 침묵 때문에 쫓는 사람은 공연히 두려워졌다.

골치 아픈 이 상황에서 우리는 이 광인을 어떻게 잡을 것인가, 그동안 어떻게 음식을 먹게 할까, 잡으면 어떻게 해야 할까, 이 세 가지 난제를 해결해야 했다.

"이런 사태가 일어난 건 흑인 때문이야. 아저씨가 계속 언덕에만 있는 것도 그가 집에 있기 때문일 수 있어. 우리는 할 만큼 했다고 봐. 이제 배도 채우고 몸도 녹였으니까, 로리가 어선에 태워서 만을 건너 그리사폴까지 데려다주는 게 좋을 것 같아." 내가 말했다.

이런 나의 제안에 메리는 진심으로 동의했다. 흑인에게 우리를 따라오라고 하고, 우리 셋은 잔교로 내려갔다. 하지만 하나님의 뜻은 고든 다너웨이의 편이 아닌 것 같았다. 일찍이 아로스에서 한 번도 본 적 없는 일이 일어났다. 폭풍에 풀려나간 어선이 부서진 잔교에 부딪혀 한쪽에 구멍이 생겨서 물 아래에 1미터쯤 가라앉은 것이다. 배를 고치려면 적어도 사흘은 걸릴 것 같았다. 그렇다고 이대로 손을 들 수는 없었다. 나는 모두를 데리고 돌아서 해협이 가장 좁은 곳으로 갔다. 내가 먼저 헤엄을 쳐서 건너간 뒤 흑인에게 따라오라고 소리쳤다. 그는 이전처럼 분명하고 조용하게 몸짓으로 헤엄을 못 친다고 했다. 그의 몸짓은 누가 봐도 사실이었고 누구도 그가 거짓을 말한다는 의심을 하지 않았다. 그렇게 그 희망도 사라졌고, 우리는 모두 아로스의 집으로 돌아가야 했다.

이때도 흑인은 우리 사이에서 곤혹스러워하지 않고 당당하게 걸었다.

그날 우리가 할 수 있는 거라곤 우울한 미치광이 아저씨와 한 번 더 소통을 시도해 보는 것뿐이었다. 이번에도 아저씨는 언덕 꼭대기에 앉아 있다가 역시 아무 말 없이 달아났다. 그래도 이번에는 춥고 배고프지 않도록 그 자리에 음식과 커다란 외투를 두고 올 수 있었다. 게다가 비가 완전히 그쳤기 때문에 밤에도 춥지 않을 것 같았다. 우리는 내일까지는 마음 편히 있을 수 있겠다고 생각했다. 특수한 상황에서 기운을 내려면 휴식이 꼭 필요했다. 마침 아무도 이야기할 생각이 없었기 때문에 일찌감치 흩어졌다.

나는 내일 계획을 세우느라 늦게까지 잠에 들지 못했다. 먼저 흑인을 산다그 쪽으로 보내서 아저씨를 집 쪽으로 오게 하고, 로리는 서쪽에서, 나는 동쪽에서 최대한 아저씨를 저지하기로 했다. 섬의 지형을 고려하면 힘들기는 하겠지만 아저씨를 아로스만의 저지대로 몰고 갈 수 있을 것 같았다. 일단 저지대까지만 가면, 아저씨가 광기 때문에 기운이 펄펄 난다고 해도 빠져나가지 못할 것 같았다. 아저씨가 흑인을 두려워한다는 점에 기댈 수밖에 없었다. 아무리 이리저리 내달려도 죽음에서 돌아왔다고 생각하는 흑인이 있는 방향으로는 달려가지 않을 것이라고 확신했다. 그러니까 적어도 한 방향은 믿을 수 있었다.

그렇게 이런저런 계획을 세우다 드디어 잠이 들었지만 난파선, 흑인, 해저 모험 등이 나오는 뒤숭숭한 꿈을 꾸느라 금방 깼다. 몸이 덜덜 떨리고 열이 나서 일어나 아래층으로 내려갔다. 부엌에서 자는 로리와 흑인을 보고 집 밖으로 나갔다. 반짝이는 별들로 밤 하늘은 아름답고 맑았지만, 폭풍우의 마지막 흔적인 구름이 아직 군데군데 떠다니고 있었다. 밀물이 거의 최고조에 달한 시간이어서 바람 한 점 없이 고요한 밤인데도 메리 맨이 으르렁대고 있었다. 그 소리를 듣고 경외감이 대단히 크게 들었는데, 여태까지 메리 맨은 심지어 폭풍우가 절정에 달했을 때조차도 이런 적이 없었다. 이제 바람은 잦아들려 했고 바다는 다시 여름잠에 들어가서 그 바다와 땅에 은은한 별빛이 내리는데도, 저 파도는 계속 소리를 높이면서 사정없이 때리고 부서졌다. 사실 그 소리는 세상의 악과 인생의 비극에서 빠질 수 없는 요소처럼 보였다. 밤의 정적을 깨트린 건 그 의미 없는 외침 말고 더 있었다. 루스트의 으르렁대는 소리와 함께 사람의 목소리가 들렸기 때문이다. 날카롭고 오싹한 그 소리는 물에 빠진 사람이 지르는 비명처럼 들렸다. 나는 그것이 아저씨의 소리라는 걸 알았고, 하나님의 심판과 세상의 악이 굉장히 두려워졌다. 그래서 피난처를 찾듯 어두운 집안으로 다시 들어가서 침대에 누워 이해할 수 없는 이 일들에 대해 곰곰이 생각하다 잠이 들었다.

다음 날 아침, 늦잠에서 깨어나 서둘러 옷을 입고 부엌으로 달려갔는데 아무도 없었다. 로리와 흑인 둘 다 한참 전에 밖으로 나간 것 같았다. 그것을 알고 심장이 멎은 듯했다. 로리의 마음은 믿을 수 있었지만, 그의 판단력은 신뢰하지 않았다. 따라서 그가 한마디도 없이 나갔다면 아저씨를 도와주기로 한 것이 분명했다. 하지만 그 혼자서, 아저씨를 두렵게 만든 남자까지 동행하고서 무슨 도움을 줄 수 있을까? 치명적인 사고를 막기에 너무 늦지 않았기를 바란다면 더 이상 지체할 수 없었다. 그런 생각을 하면서 집 밖으로 나갔다. 종종 아로스의 험한 산 중턱을 달리기는 했어도 그 운명의 아침처럼 열심히 달린 적은 없었다. 12분 만에 오르막 전체를 올랐다니, 믿을 수 없었다.

아저씨는 어젯밤 그 자리에 없었다. 바구니는 찢겼고 그 안에 있던 고기는 풀밭에 흩어져 있었다. 나중에 살펴봤더니 한 입도 먹지 않았다. 그 넓은 들판에 사람이 있었다는 또 다른 흔적은 없었다. 맑은 하늘은 이미 훤히 밝았고, 태양은 벤 키아우 정상을 붉게 비추었다. 하지만 내려다보이는 아로스의 거친 언덕과 바다는 여명에 덮여 아직 어둑어둑했다.

"로리! 로리!" 연거푸 크게 이름을 불렀지만, 정적 속으로 사라지고 돌아오는 대답은 없었다. 아저씨를 잡으려는 계획을 펼치고 있는 것이라면, 분명 사냥꾼들은 빠르게 쫓는 속도전보다는 몰래 접근하는 기술전을 택했을 것이다. 나는 좌우를 살피면서 더 박차를 가하며 산다그 위의 언덕까지 쉬지 않고 달려갔다. 아래로는 난파선, 길게 뻗은 백사장, 천천히 얕게 치는 파도, 길게 돌출한 바위턱이 보이고, 양쪽으로 내려갈수록 낮아지는 언덕들, 표석, 섬의 협곡들이 보였지만 사람의 흔적은 없었다.

햇살이 아로스에 성큼 내려앉으면서 그림자와 색채가 돋아났다. 얼마 안 되어 서쪽 아래로 양 떼가 겁을 먹고 흩어져서 달아나기 시작했다. 그리고 비명 소리가 들리더니 달려가는 아저씨가 보였다. 그 뒤를 흑인이 맹렬하게 추격하고 있었다. 무슨 일인지 이해할 새도 없이 로리도 나타나서 양치기 개에게 게일어로 방향을 외쳤다.

나도 서둘러서 그곳으로 갔지만, 어쩌면 제자리에서 기다리는 것이 더 나았을 뻔했다. 그 미치광이의 마지막 탈출을 막아야 했기 때문이다. 그 순간부터 아저씨의 앞에는 무덤과 난파선, 산다그만의 바다밖에 없었다. 어쨌든 하늘은 내가 한 일이 최선이었음을 알 것이다.

끔찍하게도 고든 아저씨는 사방에서 쫓아오는 추격자들을 보았다. 그는 방향을 이리저리 바꾸면서 달아나려 했지만 아무리 용을 써 봐도 흑인이 훨씬 빨랐다. 어느 쪽으로 돌아도 앞에는 흑인이 있었고 점점 자신의 범죄 현장으로 몰려갔다. 그때 갑자기 그가 비명을 지르기 시작했고 그 소리는 해안에 메아리쳤다. 나와 로리는 흑인에게 이제 멈추라고 소리를 쳤지만, 모두 소용없었다. 운명의 기록은 우리의 바람과 달랐다.

여전히 추격자는 달렸고, 그 앞에는 추격받는 사람이 비명을 지르며 달아났다. 그들은 무덤을 피하고, 난파선의 부서진 목재들을 스쳐 지나가 단숨에 백사장까지 갔다. 그래도 아저씨는 멈추지 않고 파도 속으로 뛰어들었다. 거의 잡을 뻔했던 흑인 역시 재빠르게 그 뒤를 따라 들어갔다. 나와 로리는 멈추었다. 이제 운명은 인간의 손을 떠났고, 우리 눈앞에서 일어난 일은 하나님의 판결이었다. 이보다 더 호된 결말은 없었다. 그 가파른 해변에서 그들은 순식간에 깊은 바다에 빠졌고, 둘 다 수영을 하지 못했다. 흑인이 한 차례 비명을 지르며 물 밖으로 고개를 내밀었지만, 조류가 바다 쪽으로 밀려 나가며 그들을 휩쓸어 갔다. 그들이 다시 떠오른다 해도(하나님만이 아시겠지만) 10분이나 지난 후일 것이다. 그때쯤이면 그들을 휩쓸어 간 파도는 아로스 루스트에서 멀리 떨어져 바닷새들이 물고기를 잡아먹는 곳에 있으리라.

마크하임

"네, 뜻하지 않게 횡재가 생기는 일이 종종 있습니다. 잘 모르는 손님이 오면 지식을 뽐내고, 정직하지 못한 고객에게는 미덕을 들이미는 식으로 이문을 많이 남긴답니다." 그가 촛불을 들자 그 불빛이 방문객의 얼굴을 환히 비추었다.

밝은 거리에서 가게로 이제 막 들어온 마크하임은 빛과 어둠이 뒤섞인 가게 안이 아직 잘 보이지 않았다. 거기에 이렇게 신랄한 말과 불빛까지 다가오니 눈이 부신 듯 눈을 깜박였고 고개를 돌렸다.

주인은 킬킬대며 웃었다. "크리스마스인데 오셨네요. 손님을 안 받으려고 덧문까지 닫고 혼자 있는데 말입니다. 알고도 오셨으니 대가를 치르셔야죠. 장부 정리할 시간을 빼앗은 대가도, 또 오늘 크게 주목할 만한 태도를 보이셨으니 그에 대한 대가도요. 제가 참 신중한 사람이라 곤란한 질문은 하지 않겠습니다. 하지만 손님은 저와 눈도 마주치지 못하시니, 그것도 보상해 주셔야겠습니다." 주인은 또 길길댔다. 그러더니 본래의 영입용 목소리로 바꾸어 말했는데 빈정대는 말투는 여전히 남아 있었다. "평소대로 물건의 입수 경위부터 분명히 밝혀주세요. 이번에도 백부님의 장식장에 있던 건가요? 그 백부님이라는 분은 참 대단한 수집가시네요, 손님!"

다소 창백한 피부에 등이 구부정하게 굽고 거의 까치발로 서 있는 주인이 금테 안경 너머로 쳐다보며 믿지 못하겠다는 표시로 고개를 끄덕이며 말했다. 정말 유감스럽다는 표정을 지은 마크하임은 질색의 기미가 조금 섞인 눈길로 상대를 마주 보았다.

"이번에는 아니오. 나는 물건을 팔러 온 게 아니라 사러 온 거요. 백부님의 장식장은 텅텅 비어서 처분할 골동품도 없소. 설령 남아 있대도 주식이 잘 돼서 이제는 더 채워야 할 판이오. 오늘의 용건은 간단하오. 숙녀분을 위한 크리스마스 선물을 찾고 있소. 이렇게 사소한 건으로 폐를 끼쳐서 정말 미안하나 어제 준비하지 못했기 때문에 오늘 저녁에는 꼭 선물을 해야 하오. 잘 알다시피 부자와 결혼하는데 크리스마스를 그냥 넘어갈 수는 없잖소?" 그는 준비했던 말을 청산유수로 했다.

주인이 이 말이 진짜인지 고민하는 동안 잠시 침묵이 이어 졌다. 진기한 잡동사니들과 함께 놓인 시계들의 똑딱거리는 소리와 옆 골목에서 나는 희미한 마차 소리만 들렸다.

"네, 손님. 그렇게 하시죠. 어쨌든 단골이시고, 좋은 분과 결혼하신다는데 제가 방해를 해서는 안 되죠. 여기 숙녀분을 위한 좋은 물건이 있습니다. 이 손거울은 15세기 물건으로 보증서도 있지요. 역시나 훌륭한 소장품입니다. 그 고객의 이름은 밝힐 수 없습니다만, 손님과 마찬가지로 유명한 수집가의 조카분이 단독 상속하셨죠."

주인이 무미건조하고 신랄한 목소리로 말하며 물건을 꺼내려고 몸을 굽혔다. 그 순간 마크하임은 온몸에 충격을 받은 것처럼 손발을 떨기 시작하더니 폭풍과 같은 격정이 그의 얼굴로 확 밀려왔다. 얼굴의 격정은 곧바로 사라졌지만, 거울을 건네받은 손은 여전히 떨렸다.

"거울." 그는 쉰 목소리로 말했다가 목을 가다듬은 후 다시 말했다. "거울을? 크리스마스 선물로 말이오? 어째서 말이오?"

"안 될 이유가 있습니까? 거울은 안 됩니까?" 주인이 크게 말했다.

마크하임이 알 수 없다는 표정으로 쳐다보았다. "왜 안 되냐고 물었소? 하, 여길 보시오. 직접 비추어 보란 말이오! 보고 싶소? 아니! 난 아니오. 누구라도 마찬가지일 거요."

마크하임이 갑자기 거울을 들이밀자 체구가 작은 주인은 뒤로 성큼 물러섰다. 그러나 손에 든 것이 거울뿐인 걸 알고는 킬킬대고 웃으며 말했다. "예비 신부님 얼굴이 썩 예쁘지 않은가 봅니다."

"크리스마스 선물을 부탁했더니, 지나간 세월과 죄와 어리석음을 비추는 이따위 물건을 주다니? 이건 뭐 양심 손거울이오? 진심이오? 생각이란 걸 하긴 하는 거요? 말해 보시오. 당신한테는 그게 좋겠군. 자, 당신에 대해 말해 보시오. 아니면 내가 말해 볼까요? 혹시 그쪽은 자신을 드러내지 않고서 많이 베푸는 사람이오?" 마크하임이 말했다.

주인은 손님을 빤히 쳐다보았다. 그의 표정은 아주 이상했는데 비웃는 것 같지는 않았고, 뭔가를 간절히 바라는 기색이기는 하지

민 몹시 진지했다.

"의도가 뭡니까?" 주인이 물었다.

"그런 사람은 아니오?" 마크하임이 침울하게 되물었다. "많이 베풀지도 않고, 믿음이 깊지도 않고, 양심적이지도 않군. 사랑을 주지도 받지도 못하고 말이오. 돈을 받아서 꽁꽁 숨겨두는 게 다지? 맙소사, 정말 그게 전부요?"

"그게 뭔지 알려드리죠." 주인은 약간 날카롭게 이야기하다가 다시 킬킬거리며 웃었다. "음, 연애결혼인가 보네요. 숙녀분의 건강을 위해 축배를 드셨나 봅니다."

"아! 사랑에 빠져본 적은 있소? 그 얘기 좀 해 보시오." 마크하임이 별스러운 호기심을 보이며 크게 말했다.

"저요? 내가 사랑에 빠진다니! 예전에도 그랬고 지금도 그렇고, 그런 허튼짓에 낭비할 시간은 없습니다. 그래서 거울 사실 겁니까?" 주인이 외쳤다.

"뭘 서두르시오? 여기 서서 이렇게 이야기를 나누니 참 좋군. 인생이 너무 짧고 불확실하니 나는 어떤 즐거움이든 느긋하게 즐길 생각이오. 이렇게 사소한 즐거움이라도 말이지. 아무리 작은 즐거움이라도 꼭 붙들어야 하오. 벼랑 끝에 매달린 사람처럼 말이오. 생각해 보면 매 순간이 높은 벼랑이지. 까마득하게 높아서 떨어지는 순간 존엄한 인간으로서의 특징을 모두 잃게 되는 벼랑 말이오. 그러니까 기분 좋게 이야기하는 것이 좋소. 서로 이야기해 봅시다. 가면을 왜 써야 하는 거요? 솔직하게 말해봅시다. 누가 알겠소? 우리가 친구가 될지 말이오." 마크하임이 말했다.

"한 가지만 말씀드리죠. 이 거울을 사시든지 아니면 내 가게에서 나가시오!"

"그래요, 좋소. 이제 장난은 그만하고 본론으로 돌아가지. 다른 물건을 보여주시오."

주인은 다시 몸을 숙이고 거울을 선반 위 제자리에 놓았다. 가는 금발 머리가 흘러내려 눈을 가렸다. 마크하임은 한 손을 코트 주머니에 넣은 채 가까이 다가갔다. 꼿꼿하게 서서 숨을 크게 들이마셨다. 동시에 그의 얼굴에 두려움, 공포, 결의, 열정과 육체적 반감 등 복잡다단한 감정이 드러났고, 위로 올라간 윗입술 아래로 치아가 보였다.

"이 물건이 적당할 것 같군요." 주인이 말한 뒤 몸을 다시 일으키려는 순간, 마크하임이 그를 공격했다. 꼬챙이처럼 생긴 길고 번쩍이는 단도를 등에 내리꽂았다. 암탉처럼 허우적대던 주인은 선반에 관자놀이를 부딪힌 뒤 바닥에 털썩 쓰러졌다.

가게에서 있는 수십 개의 시계에서 다양한 소리가 났다. 지나온 세월에 걸맞게 장중하고 느린 소리도, 급하게 지저대는 소리도 있었다. 똑딱똑딱 뒤얽힌 모든 소리가 초를 알려 주었다. 그때 그 소리 사이로 길거리에서 달음박질하는 한 아이의 발소리가 끼어 들어 와 마크하임은 깜짝 놀라며 두려운 듯 주변을 둘러보았다. 계산대 위에 놓인 촛불의 불꽃이 외풍 때문에 음울하게 흔들렸고, 그 미미한 움직임에 방 전체가 소리 없이 소란스러워지고 파도처럼 계속 너울거렸다. 키 큰 그림자들이 끄덕이고 커다란 어둠의 얼룩들이 커졌다 작아졌다 하며 숨을 쉬었다. 초상화와 자기로 된 신상들의 얼굴이 수면에 비친 것처럼 바뀌고 흔들렸다. 살짝 열린 내실 문 너머로 집게손가락처럼 햇빛이 길게 들어와 생긴 그림자들이 보였다.

마크하임은 두려움으로 인한 이 소리 없는 아우성에서 벗어나 피해자의 시신으로 눈길을 돌렸다. 등을 구부린 채로 쓰러져 있는 시신은 살아 있을 때보다 훨씬 작고 볼품없었다. 몰골스러운 자세에다가 인색한 성격 때문에 옷차림마저 허술해서 버려진 톱밥 더미 같았다. 마크하임은 시신을 보기가 두려웠다. 하지만 보라! 아무것도 아니었다. 그가 쳐다보는 동안 이 낡은 옷더미와 피 웅덩이가 목소리를 내어 그를 설득하기 시작했다. 시신은 틀림없이 제자리에 있을 것이다. 관절이 교묘하게 움직이거나 시신이 이동하는 기적이 일어날 일도 없었다. 그 자리에 그대로 있다가 발견될 것이다. 그러면 발견된 후에는 어떻게 될까? 이 죽은 몸뚱이를 추모하는 울음이 영국 전체에 울리고, 범인을 추적하는 메아리가 세상으로 퍼져나갈 것이다. 아, 이 자는 살았을 때나 죽었을 때나 마크하임에게 도움이 안 되는 적이었다. '그 시간에 정신이 나갔었지'라고 생각했을 때 '시간'이라는 단어가 마음에 걸렸다. 시간, 범행을 끝낸 지금, 피해자에게는 시간이 멈추었으나 살인범에게는 일분일초가 중요했다.

아직 시간의 생각에서 벗어나지 못하고 있는데 마침 시계들이 차례로 울리기 시작했다. 대성당 종탑의 종소리처럼 깊게 울리는 소리부터 왈츠 전주처럼 고음까지, 소리와 속도가 다 다른 시계들이 오후 세 시를 알렸다.

쥐 죽은 듯 고요한 공간에서 갑자기 수많은 소리가 울리는 바람에 마크하임은 동요했다. 촛불을 들고 분주하게 이리저리 다녔지만, 움직이는 그림자에 포위되어 두려워지고 우연히 거울에 비친 제 모습에 깜짝 놀랐다. 비싼 거울이 참 많았다. 수제품도 있고, 베니스나 암스테르담에서 수입한 제품도 있었다. 그 거울들에 비친 자기 얼굴을 보고 또 봤다. 거울들이 스파이부대가 된 것 같았다. 거울에 비친 그의 눈이 사방에서 그를 지켜봤다. 아무리 살살 걸어도 발소리가 울려 정적을 깼다. 주머니를 계속 채우는 와중에도 범행 계획을 실행으로 옮기면서 저지른 수많은 실수를 지겹도록 곱씹으며 자책했다. 좀 더 조용한 시간을 선택했어야 했어. 알리바이도 준비해야 했는데. 칼을 쓰지 말 걸 그랬지. 좀 더 신중하게, 죽이지는 말고 묶어두고 재갈만 물릴걸. 아니면 더 과감하게 하녀도 죽여야 했을까? 아니 완전히 다른 방법을 써야 했는지도 몰라. 통렬하게 후회하고 끊임없이 상상해 봐도 이제는 바꿀 수도 없고 소용도 없는 계획이었고 돌이킬 수 없는 과거였다. 한편 이렇게 움직이는 동안에도 맹목적인 두려움 때문에 뇌의 깊은 곳에 자리한 안쪽 공간은 시끄러웠다. 사람이 살지 않는 다락방을 허둥지둥 돌아다니는 쥐들처럼 말이다. 경찰관이 그의 어깨에 무겁게 손을 올리는 것 같아서 낚싯바늘에 걸린 물고기처럼 신경이 경련을 일으켰다. 좁은 통로를 다급하게 돌아다니는데, 피고석과 감옥, 교수대, 검은 관이 눈앞에 보이는 것만 같았다.

집 밖의 사람들에 대한 공포도 그의 마음을 포위군처럼 옥죄어 왔다. 그럴 리 없을 것 같기는 한데, 사람들이 싸우는 소리를 듣고 호기심이 생기지 않았을까. 지금쯤이면 모두가 집집이 꼼짝하지 않고 앉아서 귀를 쫑긋 세우고 있는 게 아닐까. 추억을 떠올리며 홀로 외롭게 크리스마스를 지내다가 희미한 움직임 소리에 정신이 든 사람들, 행복하게 크리스마스 파티를 하다가 갑자기 조용해지고 엄마가 손가락으로 쉿! 하는 가족, 연령과 지위와 상관없이 난롯가에 모여 앉아 재미있는 대화를 나누던 사람들이 동정을 살피고 귀를 기울이면서 그의 목을 매달 밧줄을 엮고 있지 않을까. 움직일 때 큰 소리가 난 것 같기도 했다. 커다란 보헤미아 술잔들이 부딪치는 소리가 종소리처럼 크게 울렸다. 똑딱거리는 시계 소리도 경고음을 크게 울리는 것 같아서 시계를 끄고 싶은 충동도 생겼다. 그러다가 공포의 대상이 빠르게 바뀌었다. 이 가게가 너무 조용해서 지나가던 사람들의 주의를 끌어 멈춰 서면 오히려 위험해질지도 몰랐다. 그래서 더 대담하게 움직이며 부산하게 물건들을 뒤졌다. 자기 집에서 편하게 번잡을 떠는 사람처럼 행동했다.

그러자 이제는 서로 다른 불안감이 함께 엄습했다. 한편으로는 여전히 긴장하고 신중하게 행동하면서, 다른 한편으로는 불안한 마음에 미친 듯이 떨었다. 마음이 약한 탓에 특히 한 장면을 도저히 뇌리에서 떨쳐버릴 수 없었다. 하얗게 질린 얼굴로 창가에서 귀를 기울이고 있는 이웃이나 지나가다가 끔찍한 추측에 사로잡혀 길에 멈춰 선 사람들. 최악의 경우 이들은 의심할지언정 그 상황은 알 수 없을 것이다. 벽과 닫힌 창문을 통해서는 소리만 들리니까 말이다. 하지만 여기, 이 가게 안에 주인은 혼자 있었을까? 그가 알기로는 그랬다. 리본을 있는 대로 달고 애써 예쁘게 차려입고서 애인을 만나러 간다고 대놓고 외출하는 하녀를 보지 않았던가. 그러니 당연히 그는 혼자였다. 그런데 위층의 텅 빈 집에서 분명 발소리가 희미하게 들렸다. 설명할 수는 없지만 어떤 존재가 있다는 것을 확실히 느낄 수 있었다. 아, 확실한데. 그는 마음속으로 그 존재를 찾아 집안의 모든 방을 구석구석 살폈다. 그 존재는 얼굴은 없고 눈만 있는 괴물이기도 했다가 자신의 그림자이기도 했다. 또 원한에 사무쳐 교활한 방법으로 숨을 되찾은 죽은 주인의 모습이 되기도 했다.

이따금 열린 내실 문을 힐끗거렸다. 그가 보는 걸 문이 거부하는 것 같아서 많이 노력해야 했다. 이 집은 천장이 높은 데다 천장의 채광창은 작고 더러웠으며 밖에는 안개까지 짙었다. 그래서 바닥까지 비치는 빛이 너무 희미해서 문지방도 잘 보이지 않았다. 그런데도 저 흐릿한 곳에서 어떤 그림자가 어른거린 것 같았다.

그때 갑자기 밖에서 어떤 남자가 지팡이로 가게 문을 두드리기 시작했다. 아주 쾌활한 목소리로 계속 주인의 이름을 크게 부르고 농담도 했다. 완전히 얼어버린 마크하임은 죽은 사람을 내려다보았다. 물론 죽은 주인은 그 자리에 그대로 있었다. 하지만 그의 영혼은 친구가 노크하며 이름을 부르는 소리를 듣지 못할 곳으로 멀리 떠나 침묵의 바다 아래로 가라앉은 상태였다. 예전에는 폭풍우 속에서도 알아들을 수 있었던 그의 이름도 공허한 소리가 되었다. 쾌활한 남자는 이내 노크를 멈추고 떠났다.

이것은 서둘러 마무리하라는 암시 같았다. 그래서 비난하는 이웃을 피해 여기를 떠나 런던의 군중 속으로 숨고 밤이 되면 안전하고 무해한 은신처인 자기 침대로 돌아가기로 했다. 벌써 한 사람이 찾아왔는데, 언제 또 누가 찾아와 더 끈질기게 문을 두드릴지 모를 노릇이었다. 살인까지 범한 마당에 손에 쥔 것도 없이 체포되는 것은 도저히 용납할 수 없었다. 이제 마크하임의 관심사는 돈밖에 없었고, 그것을 얻으려면 열쇠가 필요했다.

그는 어깨 너머로 열린 내실 문을 돌아보았다. 여전히 그림자가 어른거리고 있었다. 그는 피해자의 시신 쪽으로 다가갔다. 좀 메슥거리기는 했지만 반감은 크지 않았다. 이제는 사람 같아 보이지도 않았다. 옷에 왕겨를 절반만 채워놓은 것처럼 팔다리가 흩어져 있었고 몸통은 반으로 접혀 있었다. 그래도 가까이 가고 싶지는 않았다. 볼 때는 음침하고 별거 아닌 것처럼 보여도, 막상 손을 대면 감당하지 못할 큰일이 될 수도 있어서 두려웠다. 그는 시신의 양어깨를 잡아 똑바로 눕혔다. 시신은 이상하게 가벼웠고 힘없이 흔들렸다. 팔다리가 부러지기라도 한 것처럼 정말 기이한 자세로 툭 떨어졌다. 얼굴은 아무 표정 없이 밀랍처럼 창백했다. 한쪽 관자놀이에는 놀랍게도 핏자국이 있었다. 마크하임으로서는 그것이 유일하게 불쾌한 상황이었다. 보자마자 한 어촌에서 열린 박람회가 생각났다. 흐리고 바람이 몹시 불던 날, 거리는 사람들로 북적였다. 나팔 소리와 북소리가 울리고 가수는 콧소리로 느린 유행가를 불렀다. 한 소년이 관심 반, 두려움 반의 마음으로 군중을 헤치고 중앙 광장까지 갔다. 소년은 한 부스와 커다란 가림막을 바라보았다. 가림막에는 아주 서툴게 그린 밑그림에 요란하게 채색한 그림들이 걸려 있었다. 수습생을 학대하는 브라운리그(1767년에 엘리자베스 브라운리그가 수습생을 학대, 살인하고 교수형을 받은 사건 – 역주), 손님을 살해하는 매닝 부부(1849년에 매닝 부부가 아내의 부자 내연남 패트릭 오코너를 살해하고 교수형을 받은 사건 – 역주), 터텔에게 꽉 잡힌 위어(1823년에 터텔이 도박 빚 때문에 도박꾼인 위어의 목을 베고 총을 쏘아 살해한 사건 – 역주) 등 널리 알려진 범죄 사건을 그린 그림들이었다. 지금 이 상황도 환영 속 그림들처럼 선명하게 느껴졌다. 그는 또다시 그 어린 소년이 되어 그 혐오스러운 그림들을 봤을 때와 똑같이 역겨워하는 신체 반응을 보였다. 여전히 쿵쿵대는 북소리가 들리는 것 같아 깜짝 놀랐다. 그날 들은 음악 한 소절이 떠올랐다. 그는 그날 처음으로 현기증을 느꼈고 속이 메스꺼웠으며 갑자기 관절도 아팠다. 그래도 참고 이겨내야 했다.

그는 이런 생각에서 달아나기보다는 맞서는 것이 더 현명하다고 판단했다. 그래서 죽은 시신의 얼굴을 열심히 들여다보며 자기가 저지른 범죄가 어떤 것이고 얼마나 중대한 것인지 인식하려고 했다. 조금 전만 해도 그 얼굴은 감정 변화를 그대로 드러냈고, 창백한 입술로 말을 했으며, 몸은 에너지를 제어하며 움직였다. 그런데 마크하임의 범행으로 지금 그의 생명은 멈추어 있었다. 마치 시계 제작자가 손가락으로 시계추를 멈추게 한 것처럼 말이다. 그렇게 그는 허무한 결론을 내렸다. 더 이상 양심의 가책은 받지 않았고, 범죄 현장을 그린 그림 앞에서 무서워했던 마음이 이제는 냉정하게 현실을 응시했다. 세상을 매력적인 곳으로 만들 수 있는 타고난 재능을 제대로 발휘도 못 하고 세상을 뜬 사람에 대해 얼핏 동정심이 들기도 했지만, 절대 후회는 하지 않았다.

그는 그런 생각을 떨쳐 버리고 열쇠를 찾아 열린 문 쪽으로 갔다. 밖에는 비가 쏟아지기 시작했다. 지붕을 때리는 빗소리가 정적을 깨뜨렸다. 동굴에 물이 똑똑 떨어지는 것처럼, 어느 방을 가든 끊이지 않고 들리는 빗소리가 시계의 똑딱 소리와 뒤섞여 실내와 그의 귀를 가득 채웠다. 마크하임이 그 문에 다가갔을 때, 그의 조심스러운 발소리에 답하듯 계단을 올라가는 다른 사람의 발걸음 소리가 들린 것 같았다. 문지방에는 여전히 그림자가 어렴풋이 어른거렸다. 그는 잔뜩 긴장한 채 문을 당겨서 열었다.

희미하고 뿌연 햇빛이 맨바닥과 계단에 어렴풋이 비쳤다. 빛은 층계참에 자리한 미늘창을 든 반짝이는 갑옷, 짙은 나무조각품, 웨인스코트의 노란색 판벽에 걸린 나무 액자 그림도 비추었다. 빗소리가 온 집안에 너무 크게 울려서 마크하임은 다른 많은 소리와 빗소리를 구별할 수 있게 되었다. 발소리와 한숨 소리, 멀리서 행진하는 군인들의 군홧발 소리, 동전의 짤랑 소리, 살짝 열린 문의 삐걱 소리가 지붕에 떨어지는 빗방울 소리, 배수관을 콸콸 흐르는 물소리와 섞여 있었다. 자기 외에 다른 사람이 있다는 느낌이 점점 커져서 그는 거의 미치기 직전이었다. 어디를 가나 그 존재가 그를 따라다니며 에워쌌다. 위층에서 움직이는 소리, 가게에서는 죽은 사람이 일어나 거니는 소리가 들렸다. 그가 힘들게 계단을 오르기 시작하면 앞에서는 조용히 달아나고 뒤에서는 은밀하게 따라오는 발소리가 들렸다. 영혼이라도 평온하게 귀머거리였더라면 좋았을 텐데. 다시 한번 새롭게 정신을 차리고서 귀를 기울였다. 불안한 느낌이 오히려 전초기지가 되어 자기 목숨을 지켜주는 믿음직한 파수꾼 역할을 하니 다행이라고 생각했다. 그는 쉬지 않고 좌우를 살폈다. 시선을 사방 구석구석으로 돌릴 때마다 알 수 없는 무언가가 꼬리를 감추고 사라지는 것이 보였다. 이층으로 올라가는 스물네 개의 계단을 하나씩 오를 때마다 고통스러웠다.

이층의 문 세 개가 다 조금씩 열려 있어서 거기에 무언가가 숨어 있을 것 같았다. 기껏 끌어올렸던 용기가 다시 꺾였다. 사람들의 감시하는 시선으로부터 도저히 벗어날 수 없을 것 같았다. 집에 가고 싶었다. 안전한 집 안으로 들어가 침대에 몸을 묻고 사람들 눈에 안 보이고 싶었다. 그런 생각을 하자 놀랍게도 다른 살인자들이 천벌을 두려워했다는 이야기가 떠올랐다. 적어도 그에게 는 해당하지 않는 이야기였기 때문이다. 그가 두려워하는 것은 천 벌이 아니라 자연의 법칙이었다. 냉정하고 변함없는 자연의 순리 에 따라 범행의 결정적인 증거가 보존될까 봐 두려웠다. 맹종에 가 까운 미신에 대한 공포 때문에 연이은 경험이 단절되고 거기에 독 단적으로 자연의 법칙이 끼어들까 봐 열 배는 더 두려웠다. 그는 규칙에 따라 원인과 결과를 계산하는 기술적인 게임을 했다. 그런 데 시합에 진 폭군처럼 자연이 장기판을 뒤엎고 연속성을 깨트리 면 어떻게 될까? 나폴레옹이 전쟁에서 패배한 것도 러시아의 겨울 이 일찍 시작되었기 때문이라고 하는데, 그런 일이 마크하임에게 도 일어날 수 있다. 단단한 벽이 투명해져서 유리 벌집에 있는 벌 처럼 그의 행동을 모두가 보게 될 수도 있다. 튼튼한 발 받침이 모 래 늪처럼 무너져 내려 빠져나오지 못할 수도 있다. 아, 더 심각한 사건이 일어나 그를 파멸시킬지도 모르겠다. 예를 들어 집이 무너 져 시신과 함께 갇히게 된다거나, 옆집에 화재가 발생하여 소방관 들이 쳐들어온다거나 하는 일이 두려웠다. 어떤 의미에서 이런 일 들은 하나님의 힘이 죄에 작용한 결과라고 할 수 있었다. 하지만 그는 하나님에 대해서는 걱정하지 않았다. 그의 행위는 당연히 중 대 범죄였지만 충분히 해명할 수 있는 것이었고, 하나님도 그것을 아신다. 사람들은 그의 정당성을 몰라도 그분은 아신다.

안전하게 응접실에 들어가 문을 닫자 불안이 사라졌음을 느 꼈다. 응접실은 어수선했다. 카펫도 깔려 있지 않았고, 포장 상자 와 어울리지 않는 가구들이 여기저기 흩어져 있었다. 전신거울이 여러 개 있어서 무대에 선 배우처럼 다양한 각도에서 모습을 비춰

볼 수 있었다. 많은 그림이 뒤집어져서 벽에 걸려 있었는데 액자에 끼워진 것도 있고 아닌 것도 있었다. 셰러턴 양식의 고급 찬장, 상감 세공 장식이 있는 진열장, 오래된 대형 침대, 태피스트리 벽걸이도 있었다. 창문이 바닥까지 열려 있었지만 다행히 덧창 아랫부분은 닫혀 있어서 밖에서는 그의 모습이 보이지 않았다. 그 사실을 확인하자마자 마크하임은 상자 하나를 진열장 앞으로 가져와서 열쇠들을 뒤지기 시작했다. 열쇠가 많아서 시간이 오래 걸렸고 짜증도 났다. 진열장에 아무것도 없을지도 모르는데, 시간만 낭비하는 것 같았다. 하지만 기계적인 작업을 하다 보니 마음이 차분해졌다. 곁눈질로 문을 보고, 포위된 지휘관이 방어 상태를 확인하는 것처럼 중간중간 똑바로 보기도 했다. 사실 불안하지는 않았다. 거리에 내리는 빗소리도 이제는 자연스럽고 기분 좋게 들렸다. 얼마 안 있어 건너편에서 찬송가를 연주하는 피아노 소리와 아이들의 노랫소리가 들렸다. 참으로 장엄하고 편안한 멜로디였다. 아이들의 목소리는 생기가 넘쳤다. 마크하임은 열쇠 정리를 하면서 미소 지으며 그 소리를 귀 기울여 들었다. 머릿속에서도 그에 걸맞은 생각과 이미지들만 떠올랐다. 교회에 가는 아이들과 장엄하게 울려 퍼지는 파이프오르간 소리, 들판에서 뛰놀거나 시냇가에서 물장구치는 아이들, 가시덤불 사이에서 산책하는 사람들, 바람 부는 날 구름 낀 하늘로 연을 날리는 사람들. 그러다 다른 찬송가가 들려와 생각은 다시 교회로 돌아갔다. 여름철 나른한 일요일 예배 시간, 목사님의 품위 있지만 새된 목소리(떠올리면서 살짝 웃었다), 산뜻하게 채색된 제임스 1세 시대의 무덤들, 성단소(성소의 제단이 놓이는 공간-역주)에 놓인 십계명의 흐릿해진 글자들을 떠올렸다.

그렇게 머리가 분주하게 돌아가는 것 같으면서도 멍하니 앉아 있다가 깜짝 놀라 일어났다. 얼음과 불, 피를 한꺼번에 뒤집어쓴 것처럼 오싹하여 꼼짝하지 못하고 서 있었다. 천천히 쉬지 않고 계단을 올라오는 발소리가 들렸다. 이어서 누군가가 문손잡이에 손을 얹고 찰칵 자물쇠를 연 뒤 문을 열었다.

두려움이 마크하임을 옥죄어왔다. 죽은 자가 걷고 있는 건지, 경찰인 건지, 우연한 목격자가 그를 무조건 교수대로 넘기려고 들어온 건지 알 수가 없었다. 그러다가 한 남자가 열린 문틈으로 얼굴을 들이밀어 방을 훑어본 뒤 그를 쳐다보고 알아본 것처럼 친근하게 고개를 끄덕이며 미소를 지었다. 남자가 뒤로 물러나면서 문을 닫았다. 마크하임은 긴장이 풀려 저도 모르게 목쉰 소리를 크게 냈다. 그 소리를 듣고 방문객이 돌아왔다.

"나를 불렀는가?" 그가 유쾌하게 물었다. 그리고 방으로 들어와서 문을 닫았다.

마크하임은 선 채로 집중해서 그를 쳐다보았다. 눈앞에 막이 씌워진 듯, 가게에서 촛불에 초상들이 흔들렸던 것처럼 들어온 사람의 윤곽이 바뀌고 흔들리는 것 같았다. 아는 사람인가 싶기도 하고, 자신과 닮은 사람인가 싶기도 했다. 살아 있는 공포처럼 이 자는 이 땅에 속한 것도, 하나님께 속한 것도 아니라고 내심 확신했다.

하지만 그 존재가 웃으면서 마크하임을 쳐다보고 서 있는데, 이상하게도 평범한 사람의 분위기가 풍겼다. 그가 말했다. "돈을 찾고 있나 보군." 일상적이고 예의 바른 말투였다.

마크하임은 대답하지 않았다.

"경고하지. 하녀가 연인과 평소보다 빨리 헤어졌으니 곧 돌아올 걸세. 이 집에서 마크하임 씨를 보게 되면 어떻게 될지 설명할 필요는 없겠지."

"나를 아시오?" 살인자가 외쳤다.

방문객은 미소를 지었다. "오랫동안 자네를 좋아했지. 또 오랫동안 지켜보면서 가끔 돕기도 했고."

"당신 누구야? 악마야?" 마크하임이 소리쳤다.

"내가 누구든 자네를 도와주는 건 변하지 않을 걸세." 상대가 대답했다.

"아니, 변할 거요! 당신이 나를 돕는다고? 아니, 절대 아닐 거요. 당신은 아닐 거요! 나를 알지도 못하면서. 맙소사! 나를 모르잖아!"

"알고 있소. 자네 영혼까지 속속들이 알고 있지." 방문객이 친절하지만 엄격하게, 아니 단호하게 대답했다.

"나를 안다고!" 마크하임이 외쳤다. "누가 날 알아? 내가 봐도 나는 비난받아 마땅하고 졸렬하게 살아왔는데. 난 본성을 속이면서 살아왔지. 다들 그러지 않소? 선한 본성은 점점 커지는 겉치레에 짓눌린다고. 자객에게 공격당해서 망토를 뒤집어쓰고 잡혀가는 사람처럼, 삶에 질질 끌려가는 사람들을 보지 않소? 스스로 통제할 수 있다면, 그들의 얼굴을 볼 수 있다면 그들은 완전히 달라져서 성인과 영웅들처럼 광채를 뿜겠지! 그러나 내 경우는 아주 심각하오. 나는 더 많이 눌려 있으니까. 그 이유는 하나님과 나만 알고 있소. 하지만 시간이 있다면 나 스스로 밝힐 수 있을 거요."

"나한테?" 방문객이 물었다.

"당신한테 가장 먼저 하지. 당신은 똑똑한 줄 알았는데. 당신은 살아 있는 사람이니까, 사람 마음을 읽을 수 있으리라 생각했소. 그런데 내 행동을 보고 나를 판단하려 하다니! 생각해 보라고! 내 행동을 말이야! 나는 거인의 땅에서 태어나서 자랐소. 내가 어머니 뱃속에서 태어난 후, 거인들이 내 손목을 잡고 끌고 갔지. 환경이라는 거인이 말이오. 그런데 내 행동으로 나를 판단하다니! 내 속을 들여다볼 수는 없소? 내가 악을 증오한다는 걸 이해하지 못하는 거요? 내 안에서 명백히 기록된 양심을 보지 못하는 거요? 자주 무시되긴 하지만 어떤 궤변에도 흐려지지 않는 양심이라고. 모든 인간의 공통된 속성, 그러니까 사람은 어쩔 수 없는 죄인이라는 점을 읽을 수 없는 거요?"

"참 감동적인 연설이군. 하지만 나와는 상관없소. 이런 일관된 점들은 내 소관이 아니니까. 당신이 어떤 강제 때문에 끌려왔는지, 그래서 옳은 방향으로 가고 있는지는 전혀 관심 없소. 이런, 벌써 시간이 이렇게 됐네. 하녀가 늦는군. 사람들을 구경하고 광고판 그림을 보느라 늦나 보지. 그래도 계속 가까워지고 있네. 그러니까 잊지 말라고. 마찬가지로 교수대가 크리스마스 거리를 따라 자네에게 성큼성큼 다가오고 있으니. 도와드릴까? 난 모르는 게 없네. 돈이 있는 장소를 알려 줄까?"

"대가는?" 마크하임이 물었다.

"크리스마스 선물이네." 상대가 대답했다.

마크하임은 쓸쓸한 승리감과 함께 미소를 짓지 않을 수 없었다. "아니오. 아무것도 받지 않겠소. 목이 말라 죽는다 해도 당신이 주는 물병의 물은 마시지 않을 거요. 경솔한 짓일지 몰라도 나를 악의 제물로 바치지는 않겠소."

"임종 전의 회개를 하고 싶은 거라면 하시오." 상대가 말했다.

"당신은 그 가치를 믿지도 않잖아!" 마크하임이 외쳤다.

"그렇게 말하지 않았소. 보는 관점이 다를 뿐이지. 삶이 끝난 사람은 내 관심 대상이 아니네. 저자도 나를 섬기면서 살았지. 사악한 얼굴 위에 종교라는 겉치레를 덧씌우고, 욕망에 순응하며 남의 밭에 가라지를 뿌리면서 말이야(마태복음 13장 24~25절, 38~39절의 가라지 비유는 불법을 행하는 자를 뜻한다 - 역주). 당신도 마찬가지 아니겠나. 이제 구원의 시간이 가까워졌으니 그가 나를 위해 할 수 있는 일이 하나 더 있다네. 바로 참회하고 웃는 얼굴로 죽어서 남은 내 추종자 중 심약한 사람들에게 확신과 희망을 주는 거지. 내가 그렇게 무정한 주인은 아니라네. 믿어 보라고. 내 도움을 받고, 지금까지 그래 온 것처럼 하고 싶은 대로 하고 사는 거야. 식탁도 더 풍성하게 차려놓고 실컷 누리게나. 더 안락한 생활을 원하면 내 말을 잘 듣게. 밤이 되어 커튼을 치고, 양심과 타협하고 하나님께 맹종하면 화평하기는 더 수월해질 걸세. 방금도 그런 임종 자리를 다녀왔지. 그 방에는 죽어가는 이의 유언을 귀 기울여 들으면서 진심으로 애도하는 사람들이 가득 있었네. 그런데 그이의 얼굴을 들여다보니, 인정머리 하나도 없는 그 얼굴에는 희망의 미소가 있더라고."

"그러니까 나도 그런 놈이라고 생각하는 거군? 평생 반복해서 죄를 짓고 마지막 순간에 몰래 천국에 들어가려는 욕심을 부리는 놈이라고? 생각만 해도 울화통이 터지는군. 그러니까 당신의 인간

경험은 이 정도인 거요? 아니면 내 손에 피가 묻었다고 나를 그런 밑바닥 인생으로 본 거요? 그런데 살인죄가 정말로 선량한 샘을 말라붙게 만드는 불경죄인 거요?"

"나한테는 살인죄가 특별하지 않소. 모든 삶이 전쟁인 것처럼 모든 죄가 살인이니까. 뗏목에 탄 굶주린 선원들이나 다를 바 없지. 같은 종족이면서도 배고픈 사람의 손에서 빵 조각을 빼앗고 서로 잡아먹는 모습도 봤지. 나는 그들이 죄를 짓는 순간에서 멈추지 않고 계속해서 죄를 따라가네. 그래서 모든 일의 마지막은 죽음이라는 걸 알았지. 내가 보기에는 무도회 문제 때문에 아주 우아하게 어머니와 다투는 예쁜 아가씨의 손에서도 당신처럼 살인의 피가 뚝뚝 떨어진다네. 내가 죄를 따라간다고 말했던가? 나는 미덕도 따라가지. 그 둘의 차이는 종이 한 장의 두께만큼도 안 된다네. 그 둘은 저승사자가 죽음을 거둘 때 사용하는 낫이라고 할 수 있지. 나는 악을 위해 살고, 그 악은 행동이 아니라 품성의 문제일세. 나한테는 사악한 행동이 아니라 사악한 사람이 소중하지. 우리가 오랜 시간 악행을 따라갈 수 있다면 그 열매는 가장 희귀한 미덕의 열매보다 더 큰 축복이 될 수도 있다네. 그러니 내가 자네의 탈출을 도우려는 것은 자네가 주인을 죽였기 때문이 아니라 자네가 마크하임이기 때문일세."

"터놓고 말하겠소. 당신이 목격한 내 범행은 내 마지막 범행이오. 이렇게 되기까지 참 많은 걸 깨달았지. 그 자체가 중요한 교훈이었고. 지금까지 나는 하고 싶지 않은 일도 거슬리지만 어쩔 수 없이 해야 했소. 가난의 노예로 쫓겨나기도 하고 괴롭힘도 당했소. 이런 유혹에 맞설 수 있는 강인한 미덕의 소유자들도 있지만, 나는 그렇지 못했소. 나는 쾌락을 갈망했지. 하지만 오늘, 바로 이 행위로 인해 교훈과 부를 모두 얻어냈소. 둘 다 나 자신이 되는 데 필요한 힘과 새로운 결의가 될 거요. 이제부터 나는 완전히 자유로운 배우요. 완전히 바뀔 것이고, 이 두 손으로 선을 행하고 마음은 평온해질 거요. 과거의 일이 떠오르는군. 안식일 저녁에 교회오르간 소리를 들으며 꿈꿨던 모습, 고상한 책을 읽으면서 눈물을흘릴 때나 순진무구한 아이일 때 어머니와 이야기를 나누며 그려봤던 모습 말이오. 내 삶은 거기에 있소. 지난 몇 년 동안 방황을했지만 이제 다시 목적지가 보이는군."

"이 돈을 주식에 투자할 생각이오? 이미 수천 파운드의 손해를본 걸로 아는데." 방문객이 한마디 했다.

"아, 이번은 확실하오." 마크하임이 말했다.

"이번에도 손해를 볼 거요." 상대가 말했다.

"하지만 절반은 남겨두겠소!" 마크하임이 외쳤다.

"그것도 잃을 거요." 상대가 말했다.

마크하임의 이마에 땀이 흐르기 시작했다. "음, 그렇다 해도 무슨 문제가 있소? 손해 본다고 치고, 다시 가난해진다고 치자고. 그런다고 나의 한 부분 그러니까 악한 본성이 선한 본성을 끝까지계속해서 짓밟기만 할까? 선과 악은 내 안에서 힘차게 움직이면서 나를 서로 끌어당기고 있소. 난 어느 한쪽만 좋아하지 않소. 둘다 좋아한다오. 위대한 업적, 금욕, 순교를 꿈꿀 수도 있지. 내가살인 같은 범죄를 저지르긴 했어도 동정이 낯설지는 않소. 나도가난한 사람들을 동정하오. 그들이 힘들게 사는 걸 나보다 더 잘아는 사람이 누가 있겠소? 나는 그들을 불쌍하게 생각하고 도와

주지. 사랑을 소중히 여기고, 솔직한 웃음을 좋아하오. 세상에는 선도 진실도 없다지만 난 진심으로 그런 것을 좋아하오. 그런데도 내 삶이 악덕에 의해서만 이끌리고 미덕은 목석처럼 아무 힘도 발휘하지 못한다는 거요? 그렇지 않소. 나는 선한 행동도 한다오."

그때 방문객이 손가락을 들었다. "당신은 이 땅에서 36년 동안 살았소. 그동안 인생의 부침도 겪고 기질도 여러 번 바뀌었지만 내가 본 바로는 계속 내리막길이었지. 15년 전부터는 도둑질도 시작했어. 3년 전에는 살인이라는 말만 들어도 하얗게 질리지 않았소? 그런데 지금은 어떤 범죄나 잔인하고 비열한 행동도 서슴없이 하지. 자네는 계속 추락의 길만 가다가 죽음을 눈앞에 두고서야 겨우 멈추게 될 거요. 지금부터 5년 후에는 그게 당신의 모습이 될 거요."

"맞소. 어느 정도는 악하게 살았지. 하지만 누구나 그렇게 살아. 성자라도 고상하게만 살지는 못하고 주변의 영향을 받게 된다고." 마크하임이 쉰 목소리로 말했다.

"간단한 거 하나 물어보겠소. 자네의 대답을 듣고 자네의 도덕 운세를 알려 주지. 자네는 많은 일에 대해 방종하게 살아왔지. 아마 그러는 게 옳다고 생각했겠지. 뭐, 다들 마찬가지야. 하지만 그건 그렇다 치고, 당신이 행한 일 중에 사소한 것이라도 특히나 마음에 들지 않는 게 하나라도 있소? 아니면 매사를 그렇게 멋대로 하는가?"

"특히?" 마크하임이 고심하며 되뇌었다. "아니, 없소! 다 받아들였소." 그가 포기하며 말했다.

"그러면 지금 모습에 만족하며 사시오. 영원히 바뀌지 않을 테니. 그리고 이 무대에서 당신이 한 말은 기록되었으니 돌이킬 수 없소."

마크하임은 아무 말 없이 서 있었다. 한참 후 방문객이 침묵을 깨고 말했다. "그렇다면, 돈을 보여드릴까?"

"그럼 하나님의 은혜는?" 마크하임이 외쳤다.

"시도해 보지 않았나? 2~3년 전에 부흥회에 참석했잖아. 찬송가도 제일 크게 부르던데." 상대가 대답했다.

"맞아. 내가 해야 할 본분이 뭔지 분명히 알겠소. 그걸 깨닫게 해 주어 정말 고맙군. 드디어 눈을 뜨고 내 실체를 보게 되었소." 마크하임이 말했다.

이때 날카로운 초인종 소리가 크게 울렸다. 이 소리가 기다리던 신호였다는 듯이 즉시 방문객의 태도가 바뀌었다.

"하녀가 왔소! 경고했던 대로 좀 더 어려운 문제가 남아 있네. 하녀에게 주인이 아프다고 말하고 집안으로 들이시오. 진지한 표정으로 자신 있게 말하시오. 미소나 과잉행동을 해서는 안 돼. 그러면 분명 성공할 걸세! 하녀가 들어오면 문을 닫고, 주인을 처리한 것처럼 그녀도 처리하라고. 그러면 자네 앞길의 마지막 위험은 사라질 걸세. 그 후에는 오늘 저녁, 필요하면 밤까지도 안전하게 이 집에서 보물찾기를 할 수 있을 거야. 위험해 보이는 일 같아도 이건 사실 자네에게 주는 도움이야. 일어나게! 어서 일어나라고, 친구. 지금 자네 인생이 저울 위에서 저울질 되고 있네. 그러니 어서 일어나서 움직이라고!" 그가 외쳤다.

마크하임이 조언자를 가만히 응시했다. "내가 그런 악행을 저지를 운명일지라도, 자유의 문 하나는 아직 열려 있겠지. 그 행동을 멈출 수 있는 자유 말이야. 내 인생이 사악한 것이라면 내려놓을 수 있소. 당신이 사실대로 말한 것처럼, 내가 사소한 유혹들에는 모두 넘어갔대도, 지금 한 번이라도 단호하게 행동하면 그 모든 죄악에서 벗어날 수 있어. 선을 사랑하는 마음은 결실을 보지 못하겠지만, 어쩌겠소! 그래도 악을 미워하는 마음은 여전히 갖고 있소. 거기에서 에너지와 용기를 끌어모을 거요. 당신은 짜증 나고 실망하겠지만."

방문객의 얼굴이 놀라고 만족스러운 표정으로 바뀌기 시작했다. 환하고 온화해진 표정에 성공의 기쁨이 은은하게 배어 있었다. 환한 표정의 그가 점차 흐릿해지더니 사라졌다. 하지만 마크하임은 그런 변화를 지켜보지도, 알아채지도 못했다. 그는 문을 열고 아래층으로 아주 천천히 내려가면서 생각했다. 그의 과거가 차분하게 지나가면서 있는 그대로 보였다. 추하고 아주 힘들게, 우연히 죄도 지으며 되는대로 살았던 삶이었다. 한마디로 실패한 인생이었다. 이렇게 살펴보니 삶은 더 이상 매력적인 유혹이 아니었다. 그리고 인생의 항해를 마칠 수 있는 조용한 항구가 저 멀리 보였다. 그는 통로에서 잠시 걸음을 멈추고 가게를 둘러보았다. 시신 옆에는 여전히 촛불이 타고 있었다. 기이하게 조용했다. 시신을 지켜보는 동안 가게 주인의 생각들이 일시에 밀려들었다. 그때 조급한 초인종 소리가 다시 울렸다.

그는 웃는 듯 아닌 듯한 표정으로 문간에서 하녀를 맞이하며 말했다.

"경찰을 불러요. 내가 당신 주인을 죽였소."

작가 연보

1850년 11월 13일 스코틀랜드 에든버러 시의 유명한 등대 설계 전문가 집
안에서 태어나다.

1867년 에든버러 대학에 입학하다. 가업을 이어받기 위해 토목공학을 전
공했으나, 흥미를 느끼지 못하고 문학에 끌려 작가가 되기로 결심
하다.

1871년 집안의 반대로 문학을 전공하지 못하고 타협책으로 법학을 전공
하다.

1872년 스코틀랜드 변호사 1차 시험에 통과하다.

1874년 변호사 시험을 준비하며, 유명 잡지에 여행기 성격의 수필을 기고
하기 시작하다.

1875년 변호사 시험에 최종 합격하였으나, 변호사 개업을 포기하고 작가
의 길로 돌아가다.

1878년 벨기에와 프랑스 북부를 카누로 여행한 경험을 바탕으로《내륙 항
해》를 출간하다.

1879년 남부 프랑스 세벤 산악지대에서의 당나귀 여행 경험을 바탕으로
《에든버러 : 그림 같은 메모》를 출간하다.

1880년 《지킬 박사와 하이드》의 원형이 되는 연극 대본《브로디 회장》을
출간하다.

1881년 《보물섬》 집필을 시작하다.

1882년 어린 시절 즐겨 읽었던 《아라비안 나이트》를 개작한 《신 아라비안 나이트》를 출간하다.

1883년 《보물섬》을 출간하다.

1884년 만성 폐질환으로 투병하면서도 왕성한 창작활동을 계속하다. 크리스마스를 겨냥한 잡지사의 요청으로 〈마크하임〉을 집필했으나, 〈시체 도둑〉을 보내다.

1886년 《지킬 박사와 하이드》를 출간하다. 출간 6개월 만에 영국에서만 4만 부가 판매되며, 상업적뿐만 아니라 문학적으로도 성공을 거두다. 《납치》의 연재를 시작하고, 〈마크하임〉을 발표하다.

1887년 《존 니컬슨》, 단편집 《명랑한 사람들》, 시집 《언더우드》, 수필집 《회고와 초상화》 등을 출간하며 왕성한 집필 활동을 하다.

1894년 12월에 뇌출혈로 쓰러진 후 사망하다.

지킬 박사와 하이드 씨

초판 1쇄 인쇄 2024년 5월 22일
초판 1쇄 발행 2024년 5월 29일

지은이 로버트 루이스 스티븐슨
옮긴이 조진경
펴낸이 이효원
편집인 음정미
마케팅 추미경, 석유정
디자인 문인순(표지), 이수정(본문)
펴낸곳 올리버
출판등록 제395-2022-000125호
주소 경기도 고양시 덕양구 삼송로 222, 101동 305호(삼송동, 현대헤리엇)
전화 070-8279-7311 **팩스** 02-6008-0834
전자우편 tcbook@naver.com

ISBN 979-11-93130-68-1 03840

• 값은 뒤표지에 있습니다.
• 잘못된 책은 구입하신 서점에서 바꾸어 드립니다.

* 도서출판 올리버는 탐나는책의 교양서 브랜드입니다.

올리버 세계교양전집 목록